Franz Wauschkuhn · Carl-Ludwig Paeschke

Derby der trojanischen Pferde

Franz Wauschkuhn
Carl-Ludwig Paeschke

Derby der trojanischen Pferde

Eine Finanzgroteske

Roman

Osburg Verlag

Erste Auflage 2023
© Osburg Verlag Hamburg 2023
www.osburgverlag.de
Alle Rechte vorbehalten,
insbesondere das der Übersetzung, des öffentlichen Vortrags
sowie der Übertragung durch Rundfunk und Fernsehen,
auch einzelner Teile.
Kein Teil des Werkes darf in irgendeiner Form
(durch Fotografie, Mikrofilm oder andere Verfahren)
ohne schriftliche Genehmigung des Verlages reproduziert
oder unter Verwendung elektronischer Systeme
verarbeitet, vervielfältigt oder verbreitet werden.
Lektorat: Clemens Brunn, Hirschberg
Satz: Hans-Jürgen Paasch, Oeste
Druck und Bindung: CPI books GmbH, Leck
Printed in Germany
ISBN 978-3-95510-333-0

Inhalt

Kapitel 1
Die Kriegserklärung

Sebastian Franck hatte schlecht geschlafen. Die Autobahn nach Berlin war vollgestopft mit Lastern aus Polen, Lettland und Rumänien und ein Überholmanöver seines Chauffeurs mit Tempo 200 hatte ihn endgültig aus seinem unruhigen Schlummer gerissen. Wer hätte sich so etwas noch keine 25 Jahre zuvor, vor 1989, vorstellen können? Damals, als man noch im Schneckentempo über die von Vopo und Stasi strengstens überwachte Transitstrecke fahren musste.

Punkt neun entstieg er dem Mercedes. Seine Laune besserte sich: mitten in der Metropole frühsommerliches Blattgrün. Eine Drossel zog Würmer aus dem feuchten Rasen. Als die junge Kellnerin mit dem Kännchen Darjeeling First Flush kam, ärgerte er sich plötzlich über sich selbst: Warum tat er sich das an? Was wollte dieser Schacherl überhaupt von ihm? Dessen Vorschlag zu einem Treffen in der Wilhelmstraße hatte er sofort abgelehnt. Der graue Protzbau des Hermann Göring, wo nun der Bundesfinanzminister residierte, war ihm ein Gräuel.

Ideal sei vielmehr ein gemeinsames Frühstück im Café in der Fasanenstraße, hatte er durch seine Sekretärin mitteilen lassen. Hinterm Kurfürstendamm störe weder der Herr Bundesminister noch politische Prominenz oder das, was sich dafür halte.

Karl Schacherl erschien, als Sebastian Franck den ersten Schluck seines Darjeeling First Flush nippte. Genauso hatte er sich den Parteikarrieristen vorgestellt: blauer Anzug, hellblauer Schlips weiß gestreift, ungeputzte schwarze Schuhe mit Ledergeflecht. Man war sich schnell einig: Jeder zahle selbst. Sich als Beamter der Gehaltsstufe B einladen zu lassen ist in der schwatzhaften Hauptstadt selbstmörderisch. Schacherl grinste eisern: »Die Bankenaufsicht lässt sich nicht von Deutschlands reichstem Bankier einladen – auch nicht zu Brötchen und Rührei.« Als Repräsentant der »neuen Zeit« trug er Vollbart, hinter der Stirn entwickelte sich eine Halbglatze.

Der sichtlich gealterte Bankier bemühte sich zurückzulächeln: »Was ist Anlass zu unserem Tête-à-Tête?« Er wurde ernst: »Wir haben keinen Ärger mit dem Libor – so wie die Primus Bank. Wir hatten nie irgendwelche Derivate von Bankers Trust. Wir lassen uns nicht von Kanzleien wie Notex über Lücken im Steuerrecht unterrichten. Wir haben weder mit Schiffsfonds noch mit Subprime Geld in den Sand gesetzt. Geschweige denn verloren. Wir brauchten nicht wie die Primus Bank und ihre Töchter für zig Milliarden vom Steuerzahler gerettet werden. Wir haben keine kriminellen

Berufspleitiers, keine Geldwäscher oder gar Politiker im Portefeuille.«

»Gott bewahre.« Schacherl fiel Rührei in den Schoß. »Die SEC-Leute von der Börsenaufsicht in Washington will ja niemand im Nacken haben.« Der »Stehkragenproletarier«, so nannte der Bankier diesen Typus Mensch, schlang einen weiteren Bissen hinunter. »Ich soll Sie übrigens vom Minister grüßen. ›Alle Achtung‹, hat er gesagt, ›wie dieser Franck sein Haus durch den Orkan gelotst hat.‹«

»Danke für diese elegante Lüge. Was hat Ihnen Ihr Herr Minister denn auf den Weg gegeben?« Dabei überlegte der alte Herr: Irgendwo ist mir der Name Schacherl doch bereits über den Weg gelaufen, oder?

Schacherl lächelte noch breiter als der Erste Bürgermeister von Hamburg: »Nein, das ist unsere wahre Meinung. Sowohl hier in der Wilhelmstraße als auch bei uns, also der gesamten Bankenaufsicht.«

Den Hamburger Bankier erinnerte das an einen Spruch von Herbert Wehner. Der längst verstorbene Spitzensozi, den er in seiner Jugend verehrt hatte, hatte im Bundestag gesagt: »Ministerialbeamte lügen immer.« Doch Franck mochte nicht weiter provozieren und fragte: »Kommen Sie bitte zur Sache: Wozu treffen wir uns hier? Kein Schwanz hat sich je um die Weinheim Bank gekümmert – außer den Nazis.«

Das saß. Trotzdem grinste Schacherl ungerührt weiter. Er legte sich Schinken auf die untere Hälfte des Brötchens. »Wissen Sie: Zürcher Banken wie die Credit

Suisse kriegen in Hamburg keinen Fuß auf den Boden. Das ist alles Ihnen, verehrter Dr. Franck, und Ihrem Institut zu verdanken. Das wissen wir sehr wohl. Die echt Reichen – ich bediene mich mal des ordinären Terminus – im Norden sagen alle: Auf Franck und seine Bank war über Jahrhunderte und ist auch heute immer Verlass. Was sollen wir unser Geld auf den Kanalinseln oder etwa in der Karibik parken, wenn wir's bei Franck, direkt vor der Haustür, nutzen können?«

Dem alten Herrn stieß sauer auf, wie ihn dieser Karrierist zu umschmeicheln suchte. Er blickte wieder zu der Drossel hin, die gerade einen weiteren Wurm erfolgreich aus dem Erdreich befördert hatte, als plötzlich ein schwarz-weißes Hündchen bellend unter dem Nebentisch hervorstieß und der Vogel davonflatterte. Die Idylle war dahin.

»Was besorgt den Herrn Minister und seine Behörde? Etwa unser Family-Office-Geschäft? Das betreiben wir seit zweihundert Jahren. Und es macht uns immer mehr Spaß.«

Schacherls Lächeln gefror. *Lächeln Sie, was immer auch kommt.* Das hatte der Personal Coach dem Bundesminister, dessen Staatssekretären und den Ministerialen über Monate hinweg eingebläut.

»Gehe ich recht in der Annahme, dass Sie und Ihr Herr Minister uns das Family-Office-Geschäft nehmen und der Primus Bank zustecken wollen?« Der Privatbankier fixierte Schacherl mit so wütendem, stechendem Blick, dass der wegschaute. Zum ersten Mal in seiner Karriere packte ihn nackte Angst.

Franck hingegen kannte diese Reaktion seit Jahrzehnten: Alle seine Gegner, selbst die freche, nette Betriebsratsvorsitzende, hatten daraufhin stets klein beigegeben.

»Nein, bitte seien Sie unbesorgt«, erwiderte Schacherl. »Der Minister und wir von der Bonner Aufsicht haben lediglich darüber nachgedacht, dass Sie die siebzig schon gerundet haben. Wer außer Ihnen hat einen solchen Schatz an Erfahrung, die Milliarden in Deutschland zu halten und nicht über die Schweiz entschweben zu lassen? Es wird Ihr Schade nicht sein, darüber mit der Primus Bank zu sprechen.«

Plötzlich fühlte sich der Siebzigjährige wirklich alt: »So weit ist es also mit Erhards Marktwirtschaft gekommen, dass Sie und ein leibhaftiger Bundesminister mich zwingen wollen, unser bestes Pferd im Stall diesen Frankfurter Kanaillen zum Fraß zu geben?« Franck wurde regelrecht ausfällig: »Die können nur eins: Lügen, Milliardenverluste aufhäufen und sich selbst Bonuszahlungen in Milliardenhöhe zuschanzen. Ihre Aktionäre behandeln sie wie Volltrottel und die Presse schweigt dazu seit Jahren.«

Schacherl winkte der Kellnerin: »Die Rechnung. Getrennt. Und rufen Sie bitte ein Taxi für mich zur Wilhelmstraße.« Dann wandte er sich grinsend wieder dem Hamburger Bankier zu: »Dividendenstripping ist doch seit 1976 eine kleine, freundliche Dienstleistung ihrer Bank: Die hat alljährlich, brav am Tag vor der Dividendenausschüttung, die deutschen Aktien ihrer britischen und holländischen Kunden aufgekauft. Denn als deutsches Institut hatte die Weinheim Bank genauso wie alle übrigen deutschen Aktionäre Anspruch auf Rückerstattung der Kapitalertragssteuer. Dann habt ihr das Geld vom Finanzamt erhalten, an die Altaktionäre überwiesen und die Aktienpakete an sie zurückverkauft.«

»Ja, und was haben Ihr Herr Bundesminister und Ihre werte Behörde daran auszusetzen?«, fragte der alte Herr. Er hatte Mühe, sachlich zu bleiben: »Über Jahrzehnte sind ausländische Aktionäre vom deutschen Gesetzgeber diskriminiert worden. Keinen Finanzminister hat's gekümmert. Das war ein krasser Verstoß gegen Europarecht. Aber mit Kreisgeschäften haben wir und viele andere deutsche Institute den DAX und den deutschen Aktienmarkt weltweit attraktiv erhalten.«

»Ja, ja, das war einmal«, antwortete Schacherl herablassend. »Heute sind wir aber im Zeitalter der digitalen Revolution. Da sausen Milliarden von Aktien in Sekundenschnelle rund um den Globus. Die Wall Street hat das Dividendenstripping mit allerlei hinterhältigen Tricks, insbesondere mit dem Leerverkauf, aufgehübscht und in ›Cum-Ex‹ umbenannt. Und mit Cum-Ex werd ich Sie fertigmachen.«

Schacherl verabschiedete sich nicht, wartete auch die verlangte Rechnung nicht ab, sondern drehte sich abrupt um und schritt durch den Garten zum Taxi. Der alte Herr winkte die hübsche Kellnerin heran. Er zahlte bar für zwei und ließ ihr acht Euro als Trinkgeld.

Um 10 Uhr 30 hatte der Krieg begonnen.

»Zurück nach Hamburg«, sagte Franck, als er in den Fond des Mercedes stieg.

»Wieso Hamburg? Hatten Sie nicht um zwölf einen Termin im Burenpalais in Mitte?« Sein Chauffeur, der den Bankier und dessen Frau seit über zwanzig Jahren als Faktotum von morgens bis abends durchs Leben begleitete, war bass erstaunt. »Wollten Sie nicht im Hotel de Venise übernachten? Da ist alles reserviert.«

»Robert, Sie wissen genauso gut wie ich, dass ich dort ganz bestimmt abgehört werde. Selbst mein Schnarchen. Früher war's in Berlin die Stasi. Und heute?« Franck machte eine längere Pause. »Robert, ich brauch's Ihnen nicht zu sagen. Sie waren doch dabei, als all die Wanzen entdeckt wurden. Siebzehn allein in meinem Hamburger Büro.«

Robert Weber fragte nicht weiter. Der Bankier hatte in Berlin und Frankfurt keine Freunde, nur Feinde. Das wusste er. Tagtäglich war er am Steuer Zuhörer der Gespräche seines Chefs.

Auf der Autobahn, auf Höhe von Fehrbellin, erinnerte sich Franck: »Schacherl!« – So hieß doch der schreckliche Wärter, der 1947 und 1948 im Frankfurter Zoo etwa fünfzig Tiere, darunter Zebras, Fasane, Paviane, Rhesusaffen, Zibetkatzen, Nutrias und Schimpansen mit Natriumfluorid vergiftet hatte. Schacherl hatte damit seinem Chef schaden wollen, dem Frankfurter Zoodirektor Bernhard Grzimek. Mutmaßlicher Auftraggeber der Giftorgie war der Münchner Zoodirektor. Der hatte Grzimek um dessen Popularität beneidet.

Kapitel 1

Franck hatte die vom Frankfurter Zoo in Hagenbecks Tierpark verlegte Verfilmung *Gift im Zoo* als Zehnjähriger im Kino sehen dürfen.

»Mein Gedächtnis funktioniert«, dachte Franck und war wieder mit sich zufrieden.

Kapitel 2
Der Tod des Finanzministers

Acht Jahre später, an einem anderen Vormittag um die gleiche Zeit und rund 450 Kilometer südwestlich des Kurfürstendamms, wurden plötzlich die gellenden Entsetzensschreie dreier Schulkinder laut. Sie hatten von der Schmickbrücke im Frankfurter Osthafen herab eine menschliche Leiche treiben sehen. Der Schock war so heftig, dass eine Achtjährige in Ohnmacht fiel. Just als ein mit Sand beladenes Binnenschiff zum Anlegen an der linken Pier das Heckwassser aufschäumen ließ, entdeckte dann auch eine alarmierte Feuerwehrfrau den an die Oberfläche gespülten Körper. Irgendwoher meinte sie das Gesicht zu kennen. Jemand sagte: »Ist das nicht unser Finanzminister, der aus Wiesbaden?«

Sein persönlicher Referent hatte ihm die Nachricht gegen zehn Uhr zugesteckt, kurz vor Eröffnung der Bundesratssitzung in der Leipziger Straße, wiederum 450 Kilometer nordöstlich in Berlin. »Entsetzlich, grauenhaft«, entfuhr es Hessens Ministerpräsident Gotthold Vaupel. Er wurde augenblicklich weiß im Gesicht. Sein

Kollege aus Bayern griff ihm unter den rechten Arm: »Was ist? Darf ich helfen?«

Doch sein sechzigjähriger Parteifreund aus Wiesbaden fasste sich schnell wieder. In zwölf Amtsjahren hatte Vaupel schon so manches erlebt. Doch dass sein eigener Finanzminister aus dem Osthafen geborgen worden war, war wirklich ein Schock für den politischen Fahrensmann. Vaupel kannte Jacob Kattenberger seit dem Landesparteitag 1986. Sie waren – so sagte man – sogar befreundet, was bei Mitgliedern derselben Partei Seltenheitswert hat. Die Kattenbergers waren gläubige Mennoniten aus Carlsdorf bei Hofgeismar. Menschen vom Land. Das Fachwerkhaus, in dem Jacob Kattenberger mit Frau, Tochter und Sohn lebte, war über fast dreihundert Jahre hinweg in der Familie vererbt worden. »Wir waren und sind immer Pazifisten gewesen«, pflegte Kattenberger zu sagen. »Mörder, Betrüger und Lügner bestraft unser Herrgott zu Lebzeiten. Dessen bin ich gewiss.« In der Partei hatte er den Ruf eines politischen Träumers. Was falsch war.

Die bestürzende Nachricht ließ Vaupel an jenes Gespräch zwischen ihm und Kattenberger einige Jahre zuvor zurückdenken, mit dem alles angefangen hatte.

Sie hatten vor aller Augen in der l'Osteria dreihundert Meter von Vaupels Amtssitz in der Hessischen Staatskanzlei am Wiesbadener Kochbrunnenplatz ein Mittagessen eingenommen. Dort hatte ihm sein Freund kleinlaut davon berichtet, wie ihn die Primus Bank seit

Wochen unter Druck setze. Zwischen Spaghetti und einem Schluck Rotwein erfuhr Vaupel erstmals von den Millionenverlusten im Landeshaushalt, die sich durch die Wettverträge mit der Primus Bank dreistellig aufhäuften.

»Gerade die Primus Bank«, brummte Vaupel. Der Ärger stand ihm ins Gesicht geschrieben. »Handwerkerfamilien schicken sie mir nichts, dir nichts zuhauf in die Pleite, tun das als Kleinkram ab. Wir von der Politik aber retten sie mit Steuermilliarden alle naslang vor dem Abgrund. Ich jetzt in meiner Amtszeit zum zweiten Mal. Werden dafür vom Wähler abgewatscht. Zum Dank erpressen sie uns. – Aber ich will dich nicht immer unterbrechen. Jacob, red weiter.«

Kattenberger holte erneut Luft. »Meine Familie und ich waren immer treue Kunden unserer Volksbank in Hofgeismar. Damals, eine Woche nachdem du mich 2009 ins Kabinett berufen hattest, lud der Bankenverband mich und meine Frau zum Violinkonzert mit dieser … du weißt schon.« Kattenberger wurde noch leiser. »Meine Frau war hell begeistert. Du kennst sie doch! Ja, und kurz darauf rief mich die Primus Bank an: Zwei Vorstände wollten mir ihr einzigartiges Modell zum Schutz gegen steigende Zinsen präsentieren. Ich hatte damals keine Ahnung von Derivaten und dem ganzen Teufelszeug. Aber die Primus-Banker legten – für mich – recht plausibel dar, dass die Zinsen infolge der weltweiten Finanzkrise wirklich schmerzhaft und dauerhaft über Jahre steigen würden.« Kattenberger atmete tief durch: »Ich hab das Papier von damals noch im Schreibtisch.«

»Und deine Mannschaft fand das toll?«, unterbrach ihn Vaupel.

Kattenberger nickte. »Ja, unser Haus, das ganze Finanzministerium, ging 2011 davon aus, dass der Zins rasant klettern würde. Und damit waren wir ja nicht allein: Alle anderen Finanzministerien, besonders NRW, sahen ebenfalls schwere Belastungen auf ihre Etats zukommen. Da hab ich mit der Primus Bank vertraglich vereinbart, dass wir für bestimmte Anleihen über die Dauer von vierzig Jahren nur den Minizins von gut drei Prozent zahlen müssen. Im Ministerium haben alle gejubelt. Der Kollege aus Düsseldorf rief mich an und beglückwünschte mich.«

»Und dann entlud sich kein Gewitter, nur Wetterleuchten, stattdessen senkte die EZB dank Draghi ihren Zins auf unter null«, sagte Vaupel. »Stimmt es, dass wir durch deinen Vertrag jährlich Buchverluste von neunzig Millionen verkraften müssen? Die Primus-Banker müssen sich ja ins Fäustchen lachen: Nur Politiker sind so blöd, auf so was reinzufallen.«

In diesem Moment wusste der Ministerpräsident nicht, über wen er sich mehr ärgern sollte: Über die selbstverliebten Primus-Banker oder über seinen Freund. Als er ihm zuprostete, bemerkte er erstmals, wie sehr seinem Kumpel die Angelegenheit tatsächlich an die Nieren ging. »Bleib ruhig. Lass *Süddeutsche*, *Spiegel*, *Zeit*, ARD und die Toskana-Sozis doch toben.«

Er versuchte Kattenberger zu beruhigen: »Loyalität ist bei mir keine Einbahnstraße, das weißt du. Rede doch noch mal mit den Mistkerlen. Die sind zwar Scheiße in Seide – um Napoleon zu zitieren –, aber einen Versuch wär's wert.«

»Ich hab's ja schon mehrfach versucht. Aber da sitzen nur Tommys und Amis. Die wollen die Primus Bank sowieso an die Themse verfrachten. Ganz nach Margaret Thatcher: ›London, the biggest casino of the world.‹ Noch besser vielleicht nach Richmond, Virginia: ›The billion laundry of russian oligarchs.‹ – Die wollen lieber heute als morgen aus Frankfurt weg. Glaubst du, einer von denen spricht auch nur drei Wörter Deutsch? An der Ostküste der USA, auf den Bahamas und in Dubai häufen sie Berge an finanziellem Sondermüll auf. Mit dem zaubern sie jederzeit neue Weltfinanzkrisen herbei.«

»Du bist ja ein echter Marxist«, ging Vaupel dazwischen. Er lachte. »Wenn das der *Spiegel* wüsste. Die *Zeit* würde dir sogar drei ganze Seiten freiräumen und dich fragen, wann du denn das *Kapital* studiert hättest.«

Kattenberger winkte ab. »Du weißt doch selbst: Besonders den Tommys geht unsere deutsche Finanzaufsicht total auf den Wecker. Ethik halten die für Sonnencreme. Meinst du etwa, du könntest einen dieser Boni-Banker je bei uns im Theater oder etwa in der Oper treffen? Deutschkenntnisse hat keiner. Keiner von der Bande hat wenigstens zum Schein eine Wohnung im Taunus. Freitagnachmittag flüchten diese Hunde nach Heathrow. Und auf unser Hessen werden die von gestern auf heute verzichten. Deutschland, die ganze EU, ist denen alles Jacke wie Hose. Aber in Dubai und in Shanghai, da …«

»Hör auf«, unterbrach ihn Vaupel. »Wenn hier irgendwo ein Mikro steckt und jemand mithört …«

Kattenberger legte seine Gabel quer auf die Spaghetti. Ihm war der Appetit vergangen. Der Finanzminister versuchte sich zusammenzureißen: »Aber natürlich werde ich wieder das Gespräch mit den Primus-Bankern suchen. Aber ich hab gegen sie kein Ass im Ärmel. Denn mein geliebter Herr Amtsvorgänger hat ja unsere Steuerfahndung total enteiert. Wärest du, mein lieber Herr Ministerpräsident, Fahnder, würdest du auch keine Großbank mehr betreten.« Er wischte sich den Mund mit der Serviette: »Vielleicht kommen wir irgendwann doch zu einem vernünftigen Kompromiss.« Er glaubte nicht daran.

Selten war dem Ministerpräsidenten die innere Wutsuppe so hochgekocht wie in diesem Moment. Deshalb schimpfte er, nicht zum ersten Mal: »Und wir, Bund und Länder, haben diesen entsetzlichen Bankermob 2009 mit Hunderten von Steuermilliarden vor dem sicheren Absturz in den Orkus gerettet. Obendrein gab's noch Cum-Ex-Geldsäcke für die Landesbanken. Das ist das Zehnfache von dem, was uns Wiedervereinigung samt Treuhandanstalt gekostet hat!« Vaupel schlug sich mit der Hand gegen die Stirn. Gäste an den anderen Tischen blickten zu den beiden Politikern herüber.

Vaupel war Kind einer calvinistischen Familie, die vor dem vierzehnten Louis und seinen Mordbanden nach Frankfurt, in die Kapitale des »Heiligen Römischen Reichs Deutscher Nation«, geflohen war. Vaupel blieb in Fahrt: »Sag mir noch einer, wir hätten in Deutschland und Europa aus der Subprime-Krise gelernt. Absolut niente. ›Too big to fail‹ – damit können uns Primus-Banker und Wall Street jeden Tag erpressen. Unsere Enkel werden mit dem Finger auf uns zeigen, uns auslachen: ›Ihr Opas, ihr wart zu blöd!‹«

Die Personenschützer vom LKA warteten nervös vor der Tür, als sich Vaupel mit einem Schlag auf die Schulter von seinem Finanzminister verabschiedete. Er umarmte ihn sogar: »Mach's gut. Du schaffst es – wie immer«, sagte er.

»War das Essen so schlecht?«, begrüßte ihn seine pfiffige Referentin, als Kattenberger in ihr Zimmer im Wiesbadener Finanzministerium schaute. Ewa Zeligmann wusste sofort, dass die Primus Bank Gesprächsthema gewesen war. »Den Libor zu drücken, das sind ja alte Kamellen«, spottete seine ›Kleine‹ in Anspielung auf gewisse Machenschaften internationaler Großbanken zur Manipulation des Referenzzinssatzes, an denen auch die Primus Bank nicht ganz unbeteiligt gewesen war. »Mit Investmentbanking lässt sich täglich – absolut genial – immer neuer und immer größerer Schaden anrichten: Heute ein Derivat auf erfolgreiches Nasepopeln, morgen eine Milliarden-Dollar-Anleihe auf das Häuschen, das Oma nie gehört hat, und gestern, da haben sie Putins Palast am Schwarzen Meer für schlappe zwei Milliarden finanziert. Der kleine Mann aus Petersburg ist ja so friedliebend und verlässlich.«

»Ist Sahra Wagenknecht Ihre neue Freundin?«

»Sie haben es erraten, mein Herr Finanzminister«, gab sie zurück.

Die Chuzpe seiner jungen Referentin begeisterte ihn stets aufs Neue. »Machen Sie mir bitte einen Termin«, bat er.

»Wenn Sie mich so verbiestert angucken, dann weiß ich schon mit wem.«

»Ja, mich dürstet förmlich nach der Saubande.« Kattenberger blickte wieder etwas entspannter zu der dreißigjährigen Volkswirtin hin, die innerhalb eines Vierteljahrs seine rechte Hand geworden war. 2004 bis 2008 hatte sie für zwei US-Trusts an der Wall Street gearbeitet und das ganze Finanzdebakel vor Ort erlebt. Sie würde ihr Leben lang nicht vergessen, wie gestandene Aktienhändler auf der Straße zu schluchzen und hemmungslos zu weinen begonnen hatten, wie Pappkartons mit persönlichen Unterlagen auf die Straße segelten, wie Freunde und deren Familien plötzlich vor dem Nichts standen. Ihre Schilderungen, wie sie diesen Orkan er- und überlebt hatte, hatten ihren Chef zutiefst beeindruckt.

Kattenberger hatte sie auch nicht korrigieren mögen, als sie gesagt hatte: »Die Subprime-Krise – das ist die letzte Stufe des Monopolkapitalismus.«

»Vier Millionen US-Bürger, Frauen, Männer und Kinder, per Zwangsvollstreckung aus ihren Häusern zu werfen, das kommt dem Bombardement auf Dresden gleich«, hatte Kattenberger ergänzt. Auch hier tröstete den seit seiner Kindheit tiefgläubigen Mennoniten sein fester Glaube, dass sein Herrgott alle Mörder, Lügner und Betrüger noch zu Lebzeiten ihrer wohlverdienten Strafe zuführen werde. Dazu zählte er ohne Weiteres auch die Primus-Banker.

»Frau Zeligmann, Sie werden mich selbstverständlich dorthin begleiten. Da gibt's für Sie kein Wenn und Aber. Der Pöbel von der Primus Bank tritt immer zu zweit oder zu dritt auf. Nie allein. – Ewa, Sie sagen denen: Es gäbe da einiges zu regeln. Lassen Sie sich nicht weiter auf irgendetwas ein.«

Kattenberger fühlte sich an diesem Nachmittag besser. Er telefonierte mit seiner Frau und versprach: Er werde schon Freitagabend zu ihr nach Carlsdorf kommen. Und das tat er auch. Am Samstag blieb er zum Erstaunen der Familie ausgeglichen, goss die Bäume im Garten, riet seinem Sohn, erst einmal eine Handwerkerlehre zu machen. Er solle sich danach für ein solides Studienfach entscheiden: »Außer Karl Schiller kenne ich keinen Wirtschaftswissenschaftler, keinen dieser tollen Lehrstuhlinhaber, der sich je um seine Studenten gekümmert hat.«

Nach der Sonntagspredigt saß die kleine Mennonitengemeinde wie üblich im winzigen, kahlen Gemeindesaal beieinander, schwatzte und trank Kaffee. Alle waren für Umweltschutz – besonders die Frauen.

»Kattenberger – Entschuldigung: Herr Finanzminister –, wie sollen wir das alles denn bewerkstelligen? Neue Ställe für die Schweine, grüne Wiesen für die Kühe, doppelter, dreifacher Strompreis, Elektrozäune gegen die Wölfe ...«, klagte ein junger Landwirt. »Steigen die Zinsen, kann ich mit meiner Familie einpacken. Und als Sahnebaiser obendrauf die CO_2-Diskussion. Deutschland will wieder die Welt retten. Währenddessen heizen die Chinesen jeden Tag ein neues stinkendes Steinkohlekraftwerk an.«

Kattenberger hätte sich diese Diskussion gern erspart. Hessen werde seine Landwirte nicht im Stich lassen, erklärte er. Man denke in Wiesbaden wirklich ständig darüber nach, wie und wo zu helfen möglich sei. Aber jede Hilfe brauche eben Zustimmung aus Brüssel. Der Minister sah nur enttäuschte Gesichter. Das tat ihm weh. »Ich tu alles, was möglich ist. Ihr könnt es mir glauben.« Dann schwieg er und leerte seinen Becher. Über die Zukunft der Ortschaft machte er sich keine Illusion: Die nächste, womöglich die letzte Generation würde das Dorf vollständig verlassen. Dann sprössen hier Brennnesseln und der allseits ersehnte grüne Urwald.

»Immer dasselbe«, sagte seine Frau auf dem Weg nach Hause. Sie spürte, wie sich die Stimmung ihres Mannes wieder verdüstert hatte. »Wem nützt das ganze Geschrei vom Weltuntergang?«, fragte sie, während sie ihm den Rücken zukehrte und die schwere eichene Eingangstür öffnete. Sie lebte nach dem bewährten Motto: »Bevor isch misch uffreesch, isses mer liewer egal.«

Er hängte seine Joppe an den Haken. »Nutznießer des Untergangsgeschreis, dieser Orgie von Schreckensmeldungen, angefangen bei saurem Regen und dem Strahlentod durch Kernkraft über die unaufhaltsame Erderwärmung bis hin zum Meeresanstieg, das sind seit Urzeiten, seit der Mensch aufrecht geht: Eschatologen, politische Ideologen, fanatische Glaubensprediger und schlaue Kapitalisten, heue speziell britische und US-Fondsmanager«, antwortete er, während er es sich auf einem alten Gartenstuhl bequem machte. »Damit beherrschen sie die Menschheit. Philip II., die Jesuiten, Mao, Stalin oder Hitler, alle schreien vom morgigen Weltuntergang, predigen ständig Buße und mit dem Ablass plündern sie Arm und Reich. Selbst aber futtern sie Kaviar zuhauf. Herr Mao ging nie ohne drei blutjunge Mädels zu Bett.«

Seine Frau lachte. »Woher weißt du so was?« Sie fragte: »Und wer macht heute mit dem Weltuntergang Kasse?«

Kattenberger zog sie an sich: »Ich sag's dir. Das sind die Digitalpäpste von Silicon Valley. Deren Klimaexperten forschen angeblich frei und gemeinnützig, aber sie unken immer mit Blick auf die Jugend. Sie sei die letzte Generation der Menschheit. So war es beim Kinderkreuzzug im Mittelalter und so ist es bei den Ökoaktivisten heute.«

Seine Frau gab ihm einen Klaps auf den Hinterkopf: »Sag das nie in der Öffentlichkeit. Du kriegst sofort den Stempel ›Faschist‹ aufgedrückt. – Selbst in deiner Partei. Mit Wahrheit und normalem Verstand bringt

sich jeder heutzutage um Kopf und Kragen. Sei bitte
still – meinetwegen. Ich möchte wenigstens nach deiner
Ministerzeit ein paar Jahre in Ruhe mit dir verbringen.«

»Sie werden es kaum glauben«, sagte Ewa Zeligmann,
als Kattenberger am Montagmorgen ins Büro trat.
»Der amtierende Derivate-Zauberer aus London, der
die Bande neuerdings anführt, der hat – so wurde mir
gerade am Telefon bedeutet – extra für Sie, Herr Lan-
desminister, einen Termin am Mittwochmorgen freige-
schaufelt.«

»Ich kann's kaum glauben.«

Nein, es waren nicht teuerste Möbel, auf die an
besagtem Mittwochmorgen die Dame und der Herr
aus dem Wiesbadener Finanzministerium zu sitzen
kamen – sondern braves USM-Haller-Ambiente. »Treten Sie näher in unsere schlichten Räume«, hatte Professor h. c. Dr. Dr. Sigmund von Köz, der Vorstand
Recht, bei seiner Begrüßung in der Eingangshalle der
Primus Bank gesagt. »Unser Vorstandsvorsitzender ist
leider – ich bedaure das wirklich sehr – kurzfristig verhindert. Sie müssen bitte mit mir und meinem Kollegen in Sachen Vertrieb vorliebnehmen. Außerdem, Sie
wissen das bestimmt, Herr Dr. Kattenberger, unser Vorstandsvorsitzender ist – leider, leider – nicht so recht
firm in der deutschen Sprache.«

Ewa Zeligmann wurde weder von dem einen noch
dem anderen der beiden Primus-Banker ein Platz zuge-
wiesen. Der Minister registrierte die Ungezogenheit.

Die Beamtin platzierte sich jedoch wie selbstverständlich neben ihren Meister. »Ich bin gespannt auf das Geseiche dieser Machos«, flüsterte sie, während sie ihm die Unterlagen reichte.

Er wolle die Geduld der werten Herren Vorstände nicht unnötig strapazieren, ergriff Kattenberger sofort das Wort: »Man hat mir, also dem Bundesland Hessen, seitens der Primus Bank einen Zinsswap untergeschoben, den ich vor Jahren nicht als Derivat – oder, ich sag's mal in schlichtem Deutsch, als unfaire Wette – erkannt hatte.«

»Wieso unfair?« unterbrach ihn der gegenübersitzende Vorstand für Rechtsangelegenheiten. Sein glatzköpfiger Kollege Vertrieb nickte zustimmend. Beide fühlten sich als die modernen Repräsentanten der herrschenden Klasse und präsentierten sich selbstverständlich ohne Schlips. Unschwer war zu sehen, dass sie am oberen Hals schlecht rasiert waren. Wilhelm Alberts, der längst verstorbene großartige Chef der Primus Bank, hätte sie zweifelsohne des Raumes verwiesen.

Kattenberger schaute durchs Panoramafenster in Richtung Südost, senkte seine Stimme und erklärte: »Sie und Ihre Vorstandskollegen haben mich und das Land Hessen mit Ihrem Zinsswap über den Tisch gezogen. Ja, ich habe damals nicht durchschaut, dass die Absicherung unserer Schuldzinsen einer Wette gleichkam, die uns, den hessischen Steuerzahler, über die Jahre eine dreistellige Millionensumme kosten könnte.«

»Ja, aber in unseren Verträgen mit Hessen steht das alles wortwörtlich exakt beschrieben. Vor Ihrer

Unterschrift hatten Sie, Herr Minister, doch genug Zeit, das alles in Ruhe zu lesen.« Beide Banker gaben sich verstört.

»Wünscht jemand noch Kaffee?« fragte der Vorstand Vertrieb und schenkte sich selbst nach.

»Ich bitte Sie dringend im Namen aller Hessen – Männer, Frauen und Kinder –, von dieser Wette Abstand zu nehmen. Es wäre ein Leichtes. Ich habe zwar nicht an der Cornell University Jura studieren dürfen – so wie Sie, meine Herren. Ich bin von Haus aus lediglich ein deutscher Rechtskundiger mit zwei deutschen Staatsexamina. Aber auch Ihr schickes Türmchen hier in Frankfurt dürfte eines nicht zu fernen Tages wieder politischer Hilfe bedürfen. Nehmen Sie Abstand von diesem unsittlichen Wettvertrag. Es wird Ihr Schade nicht sein. Sie haben mein Wort.« Hoffnung hatte Kattenberger allerdings nicht mehr.

»Wir sind vertraglich gebunden«, erwiderte der Glatzkopf, dessen Nachnamen Kattenberger bereits verdrängt hatte. »In London handeln wir Zinsswaps im Volumen von zwei Billionen.«

»So ist es«, stimmte ihm der Rechtsvorstand Professor h. c. Dr. Dr. von Köz zu. Er wusste, dass sich der Aufsichtsratsvorsitzende, der aus Österreich stammte, vor Lachen auf die Schenkel schlagen würde, wenn er ihm von diesem Treffen berichtete.

»Von einer Gemeinschaft der Sozialpartner ist Ihnen in der Primus Bank wohl nichts mehr bekannt – geschweige denn von der soziopolitischen

Dissertation Ihres Herrn Aufsichtsratsvorsitzenden«, mischte sich Ewa Zeligmann ein.

»Ich sehe, dass gesellschaftspolitische Vernunft, gar ein Kompromiss heutzutage nicht mehr Sache der Primus Bank ist«, ergänzte der Minister. »Glauben Sie aber nicht, dass wir uns bei der nächsten Finanzkatastrophe für Ihr Haus so einsetzen werden wie 2008.«

Die Primus-Banker lachten. »Irrtum, Euer Ehren«, sagte von Köz: »Too big to fail. Das ist die Primus Bank.«

»Ja, ich weiß«, erwiderte Kattenberger. »Ich weiß auch, dass Ihr Aufsichtsratschef aus Wien stammt. Da beginnt bekanntlich der Balkan.«

»Liest hier kein Mensch die Tora?« fragte die Ministerialreferentin schnippisch. »Haben Sie beide das Schicksal des LTCM-Hedgefonds schon vergessen? Dort glaubte man 1998 auch, unsterblich zu sein.«

Kattenberger reichte ihr die Unterlagen zurück, stand auf und verließ grußlos den Besprechungsraum. Seine drei Personenschützer waren erstaunt, als er schon nach einer halben Stunde wieder aus dem Lift trat. Auf der Rückfahrt nach Wiesbaden wies Kattenberger seinen Fahrer an, kurz nach Höchst abzubiegen. Der fragte: »Soll ich um den Industriepark herumfahren?«

»Nein«, antwortete Kattenberger. »Fahren Sie uns bis zur alten Hauptverwaltung der Farbwerke Hoechst. Da lassen Sie uns einen kurzen Moment haltmachen und nachdenken.« Aufs Gebäude blickend sinnierte er: »Das war einmal eines der mächtigsten Pharma- und

Chemieunternehmen überhaupt. In der Forschung weltweit führend.«

»Die Hedgefonds haben den Hoechst-Konzern zerschlagen. Die haben damals gigantisch profitiert«, sagte die Referentin, die neben dem Minister auf dem Rücksitz saß.

»Und damit auch die Primus Bank und ihre Schwestern an der Wall Street«, ergänzte Kattenberger. »So etwas nennt sich heute aktionärsorientierter Aktivismus. Das ist modernes Sprachrokoko. Verleumderische Attacken gegen Vorstand und Aufsichtsrat werden als ›Kampagne‹ schöngeredet.«

Die Zeligmann lachte. »Und so vertreiben Frankfurter Investmentbanker Jahr um Jahr wichtigste Teile der deutschen Industrie mit Millionen hochqualifizierter Arbeitsplätze in die USA, nach Indien und zu Kaiser Xi. Wer ist wohl als Nächstes dran: Bayer, BASF, Thyssenkrupp, SAP? Hören Sie nicht, Herr Minister? Der Chor der Aktivisten stimmt sich schon ein.«

»Nun mal vorsichtig, junge Dame«, mahnte Kattenberger. Die pfiffige kleine Frau amüsierte den hochgewachsenen breitschultrigen Mann: »Sie, Verehrteste, Sie vergessen leider alle unsere vom Umweltschutz beseligten Aktivisten. Vor denen sind unsere Gen- und Kernfusions-Professores längst außer Landes geflüchtet. Auf beiden Feldern war Deutschland bis 1970 einstmals führend.«

»Herr Minister, Sie vergessen leider die deutsche Automobilindustrie«, spottete seine Referentin. Das Lachen blieb beiden im Halse stecken.

Kurz bevor sie ausstiegen, fragte Kattenberger: »Wer hat eigentlich heute bei der Primus Bank das Sagen? Welche Typen sind das?«

»Turbanfans, Genfer Briefkästen und natürlich Amis. Wollen Sie noch die prozentualen Beteiligungen wissen?« Zeligmann wusste immer die neuesten Daten.

Im Fahrstuhl sagte Kattenberger: »Der deutsche Steuerzahler hat 2009 die Primus Bank gerettet, damit sie Schulter an Schulter mit Credit Suisse die deutsche Industrie exportieren kann.«

»Bitte verspotten Sie mich nicht wieder als Marxistin«, gab die Zeligmann zurück. »Aber mit einem hatte der Mann von Grafton Terrace 46 recht: Wir sind auf der letzten Stufe. Der alte Marx nannte das Monopolkapitalismus.«

»So etwas habe ich nie und nimmer von Ihnen gehört«, sagte Kattenberger augenzwinkernd und verschwand in seinem Zimmer.

Kapitel 3
Selbstmord Bankenprüfung

Man kennt sich rund um den Frankfurter Hauptbahnhof, so wie einst jene Leute, die rund um den Topkapi-
Palast ihr Auskommen fanden. Denn alles liegt am
Hauptbahnhof fußläufig beieinander: Rotlicht-, Dro-
genmilieu, Stadt- und Finanzverwaltung. Die osmani-
schen Clanchefs von Taunus- und Kaiserstraße grüßen
nicht nur die Herren, sondern neuerdings auch die
Damen von der Steuerfahndung beim Nachnamen. Die
Fahndungsteams dürfen sich fest darauf verlassen, dass
die Clanchefs ihren Geldwaschanlagen in Nikosia und
Istanbul treu bleiben und wenigstens einen tröstlichen
Cent Umsatz- oder Einkommenssteuer an die deut-
sche Steuerkasse abführen. Es herrscht Ordnung: Die
anschaffenden Damen besitzen Frauenrechte gemäß
Sure 4, Vers 34, während ihr Sultan für seine Roxelanas,
Nadiras und Aleynas in die private Krankenkasse in
München und die staatliche deutsche Rentenversiche-
rung einzahlt. Stören tun die einvernehmliche Ruhe
um den Hauptbahnhof nur Hells Angels, Bandidos,
Outlaws und Politiker.

Bis ins Jahr 2001 herrschte auch zwischen dem Finanzamt an der Gutleutstraße und dem Banken- und Europaviertel harmonische Eintracht. Russische Oligarchen durften die Milliarden ihrer vor oder hinter dem Ural geraubten Rubel-, Dollar- und D-Mark-Noten unbehelligt in den Westen schleusen. Vornehmster Service bestimmter Banken und Sparkassen war es selbstredend, die Herren Oligarchen und deren weibliche und männliche Gespielen mit britischen, zyprischen oder maltesischen Passdokumenten zu versorgen. Denn der Passport eines EU-Landes erlaubt es, das veruntreute Geld in US-Fonds, Mietwohnblöcke in London, Paris, Nizza oder in schlossähnliche Gehöfte an bayerischen Seen oder in Luxusjachten unter Panama-Flagge zu investieren.

»Soll niemand glauben, wir verstünden unsre Arbeit nicht«, sagten sich die Damen und Herren der Frankfurter Finanzverwaltung, wenn sie zufällig Wirtschaftsprüfer von Deloitte, KPMG oder einen gefälligen juristischen Zauberer von Notex in der Primus Bank oder den anderen Großbanken trafen. Den meisten beamteten Damen und Herren ging dabei allerdings das Messer in der Tasche auf. Denn der oberste Zaubermeister dieser Kanzlei, Jacob Altfeld, verstand es, den Sinn schlichtester Paragrafen so umzudeuten, dass die Finanzdirektion ihre Fronttruppe alle naslang zum Rapport zurück ins Amt befehligen musste.

»Mir verging das Lächeln 1999, als die hessische CDU ihr Schwarzgeldfeuerwerk zündete«, erinnert sich noch über ein Jahrzehnt später ein pensionierter Regierungsrat der Finanzverwaltung im Gespräch mit Ewa Zeligmann. »Natürlich kannten wir die Stiftungen in Zürich und Genf, die seit Anfang der 1980er an Bonner und hessische Christdemokraten Geldvermächtnisse überwiesen. Aber dann hielt man sich nicht mehr an die Etikette, Hunderttausende D-Mark wurden in Plastiktüten gequetscht und per Handschlag auf dunklen Plätzen übergeben. Da mochte niemand von uns länger zuschauen. Aber wer von uns mochte es sich's mit Koch oder Kellner verderben? Keiner. Als dann noch Kanzler Helmut aufs Spielfeld kam, da hat sich jeder von uns vorsichtshalber hinter den Schreibtisch verzogen.«

Ewa Zeligmann hatte den pensionierten Oberregierungsrat angerufen und ihn an einem Samstag zu Hause in der Altstadt von Fulda besucht – ohne ihren Minister zu informieren. Sie glaubte nicht an Zufall: »Alles, was uns geschieht, gehört zum Plan Gottes.« Ihre Geschwister hatten auf die damals sechsjährige Ewa gezeigt und geschrien: »Ewa glaubt an Calvin, Calvin, Calvin.« Das hatte sie immer geärgert, denn sie betrachtete sich selbst als jüdisch gläubig, trotzdem liberal und fortschrittlich.

Aber der Zufall hatte es so gewollt. Nach der Trennung von ihrem Freund in Berlin-Kreuzberg hatte sie sich vorgenommen, die ehemalige Heimat ihrer Familie Ort um Ort zu erkunden. Ihr Großvater war bis 1934 Rabbi in Marburg gewesen. Ewas Mutter hatte berichtet, dass der Rebbe sehr fortschrittlich gewesen sei, vor Studenten der evangelischen Fakultät Seminare über die Tora und die Nähe von Christen- und Judentum in Deutschland gehalten habe. Denn in Deutschland war von der jüdischen Reformation so gut wie nichts bekannt. Auf die Meldung vom Tod Gustav Stresemanns am 3. Oktober 1929 hin habe der Rebbe vor dem Radioempfänger geweint und gesagt: »Jetzt ist alles aus und vorbei in Deutschland.« Und Großmutter habe trotzig gefragt: »Wo geht's denn hin? Nach Frankreich, England, Spanien oder in die USA? – da gibt's auch Judenhasser zuhauf.«

Im Juni 1934 war dann ein kleiner Textilhändler aus Hamburg-Teufelsbrück erschienen. Der hatte die Familie Zeligmann für nichts und wieder nichts nach Edinburgh verschifft – acht Kojen in dem kleinen Kabuff zwischen Messe und Mannschaftsraum. »Nein, eine Familie Zeligmann ist mir nicht bekannt«, hatte er Ende August beim Gestapo-Verhör an der Stadthausbrücke geantwortet. Und dabei war es zu aller Glück geblieben.

Der Zufall hatte es gewollt, dass Ewa beim Bezahlen der Taxifahrt von der pittoresken Innenstadt zum Bahnhof Fulda der ministerielle Ausweis aus ihrer kiloschweren Ledertasche fiel. Sie wollte immer auf alles gefasst sein: Von der Sonnencreme Faktor 15, dem Haarfestigerspray bis zum Pariser Seidenschal und dem Zweitwohnungsschlüssel schleppte sie alles jederzeit mit sich. Der gut vierzigjährige Fahrer hatte den Ausweis aufgehoben, einen kurzen Blick darauf geworfen und gesagt: »Bei dem Verein habe ich auch mal gedient. Hoffentlich ergeht es Ihnen dort besser als mir.«

»Wieso? Ich fühl mich da recht wohl. Wer'n bisschen Grips im Kopf hat und weiß, wo's hingehen soll –
der kann viel bewegen«, sagte sie und blickte ihm ins
Gesicht.

Er schüttelte den Kopf: »Das dachten wir vier auch.
Wir waren richtig stolz aufeinander. Wir glaubten
damals, zig Millionen für die Bundesrepublik gerettet
zu haben. Zu der Zeit noch D-Mark. Heute wohl zwei
Milliarden Euro.«

»Und? Weiter!« Ewa Zeligmann fühlte sich wie in
der Ouvertüre der *Zauberflöte.* »Der Kerl ist einer von
uns. Wieso fährt der hier Taxi?«, schoss es ihr durch
den Kopf.

»Die Spatz-Affäre kennen Sie nicht?«

Sie verneinte. Er wirkte verwundert, schaute wieder
nach vorn: »Hier darf ich nicht länger stehen bleiben.«

»Parken Sie irgendwo um die Ecke. Dann gehen wir
in eine Eisdiele und ich lade Sie dort ein zu Cola und
Erdbeereis-Sahnetorte.«

Sie trug ihre rot-blaue Kombi aus Seidenbluse, Jäck-
chen und enger Hose, passend zu ihrem durch rote
Strähnen belebten schwarzen Haar. Sie kleide sich »frei
nach Onkel Karl«, pflegte sie zu sagen. Sie meinte damit
Karl Lagerfeld. Den Couturier hatte sie wegen seines
schwarzen Humors, seiner Bildung, seines Durchset-
zungsvermögens und seiner Kreativität von Jugend an
geliebt und bewundert. Lagerfeld, das war genau der
Typ, von dem ihr Großvater bei seinen Erzählungen
über seine deutschen Freunde geschwärmt hatte. Nein,

über Hitler, SS, Gestapo, Auschwitz und die Kasseler Richter, die ihm nach 1945 nicht einmal seine bis 1933 wohlverdiente deutsche Rente zugestehen wollten, hatte er nicht sprechen mögen. Wenn ihr Großvater in Chicago auf den See blickte, erinnerte er sich ausschließlich an »gute, anständige Deutsche«. Das hatte die Enkelin bewegt, nicht nur in New York, sondern auch in Berlin und Köln recht erfolgreich Ökonomie und Finanzgeschichte zu studieren.

Der Taxifahrer war ein Mann von sportlicher Natur und klarem Gesichtsausdruck. Er mochte kein Eis, sondern bestellte sich Tee.

»Na ja, vor der Spatz-Affäre, da hatten wir ab 1996 Liechtenstein und die BO-Bank am Haken.«

Ewa Zeligmann wurde noch neugieriger: »Sie waren also bei der Steuerfahndung?«

»Ja, beim Finanzamt V, Mainhattan. Da hatten wir Mitte der Neunziger Tausende Fälle von Steuerhinterziehung auf dem Tisch. Wir, das waren vier Leute: Drei junge Männer, die etwas bewegen wollten, und eine junge, hübsche Kollegin. Später kamen natürlich noch EDVler und Schmalspurjuristen von der Oberfinanzdirektion hinzu. Wir fühlten uns unbesiegbar. Aber alles fing an, als der Kollege, der seit zwei Jahrzehnten die Primus Bank geprüft hatte, von heute auf morgen ohne Begründung durch die Oberfinanzdirektion abberufen wurde. Er durfte die Primus Bank fortan nicht mehr betreten. Wir fragten uns damals, was hat er bloß falsch gemacht?«

Der Taxifahrer winkte dem Kellner: »Noch einmal Tee. Den Gleichen.«

»Und? Was war das?«, fragte Ewa Zeligmann neugierig und setzte sogleich entschuldigend hinzu: »Stört Sie das, wenn ich so unverblümt nachfrage?«

»I wo«, sagte er. »Man kann die Geschichte nicht oft genug erzählen. Die Leute schütteln dann immer den Kopf. ›Das kann ich nicht glauben‹, sagen sie meistens. ›Wenn das stimmt, dann regiert uns eine Mafia aus Union und Sozis.‹ ›Dann sind wir Republica Bananera.‹«

Sie dachte: »Mein Kattenberger gehört schon mal nicht dazu.« Aber das beruhigte sie nicht. Deshalb fragte sie nach Namen und Adresse des Taxifahrers.

»Patrick Wörner ist mein Name. Meine Adresse ist dem Ministerium wohlbekannt. Es schreibt mich und die anderen alle Jahre wieder mit der Frage an, ob wir nicht ins Amt zurückkehren möchten. Wir vier schreiben zurück: ›Nie wieder, sonst erklärt ihr uns bei nächster Gelegenheit wieder für paranoid, schizophren und verrückt.‹«

Er nahm einen Schluck Tee: »Wir vier waren so naiv zu glauben, wir könnten die Spatz-Affäre, also alle Steuerhinterziehungen der Union, gegen den Willen von Kohl, Leisler Kiep, unserem hiesigen Ministerpräsidenten und der ganzen Juristen- und Ministerialbagage Punkt für Punkt nachweisen. Ruchlos war, dass die Überweisungen aus der Schweiz als jüdische Vermächtnisse getarnt waren. Wir vier waren damals echt bekloppt. Denn wir hatten nicht nur die Politik, sondern auch die Industrie, von der das ganze Geld stammte, gegen uns. Obendrein glaubten wir damals – naiv, wie wir waren –, die Sozis würden uns helfen. Aber heute sind wir ja eines Besseren belehrt.«

»Das war wohl alles vor meiner Zeit in Wiesbaden«, unterbrach ihn die junge Frau. Der Taxifahrer schenkte sich Tee nach.

»Nein, Irrtum«, sagte er und drehte den kleinen Löffel in der Tasse. »Wir kämpfen immer noch: gegen den Amtsarzt, der sich anmaßt, Psychiater zu sein, gegen die juristischen Hosenscheißer der Personalabteilung. Kein einziger Finanzminister hat es bisher für nötig erachtet, sich bei uns zu entschuldigen.«

Die Zeligmann begann sich eines Frankfurter Anwalts zu erinnern, bei dessen Namensnennung die hohe Geistlichkeit des Ministeriums nur indigniert Köpfe schüttelte. Im Finanzministerium hieß es: »Der hat sich in die Angelegenheit verbissen. Vom schlimmsten deutschen Finanzskandal kann überhaupt gar keine Rede sein. Diese Steuerfahnder von Frankfurt V sind alle total verbohrt.«

»Sind Sie auch geistig verbohrt?«, versuchte sie ihren Tischgast spontan zu provozieren.

Der lachte laut: »Als unsere Fahndungskollegen in anderen Bundesländern davon erfahren haben, wie uns das Wiesbadener Ministerium skalpiert und niedergemetzelt hatte, da sagten sie alle: Bankenprüfung, das ist Selbstmord: Ab jetzt besuchen wir nur noch die Kantine. Wir alle legen vorerst den Löffel hin.«

»Ist das heute noch so? Haben Sie noch echten Kontakt zu Ihren Fahndungskollegen in Düsseldorf, Hamburg, Berlin oder München?«

»Auf dem Finanzsektor beginnt Steuerprüfung immer vor Ort, ganz klein, und dann ist man mit der Sache bundesweit – und mit einem Mal in Zürich, Dubai, Singapur, Virginia, London oder Nikosia am brodelnden Kochtopf der Steuerhinterzieher. Ja, die sind die Vorreiter der Globalisierung. Die reisen nicht mit AIDA oder TUI, die fliegen mit eigenem Jet.« Er machte eine kurze Pause. »Und die jüngste Eintopfmahlzeit, an der sie sich den Wanst vollschlagen, heißt mit Namen?« fragte er sie.

Sie zuckte die Achseln und schaute ihn freundlich, erwartungsvoll an.

»Die pikante Mahlzeit heißt Cum-Ex.« Er lachte. »Das Rezept gibt es schon seit 1976. Da hatte der Staat den Eintopf noch unter Kontrolle. Aber der Computer und die Digitalisierung haben den Staat vom Wohlwollen der deutschen Depotbanken abhängig gemacht. Plötzlich waren die Finanzämter mit Millionen von Anträgen zur Rückerstattung der Kapitalertragsteuer konfrontiert. Verfügte die XY-Bank in Bullerbü am Tage der Dividendenausschüttung von VW über nur 3000 oder gar über 72 100 VW-Aktien? Besaß der Arbeiterkreditverein in Schilda am Tag der HAPAG-Dividendenausschüttung nur 123 HAPAG-Aktien? Und wie war es um die Aktiendepots der Frankfurter Niederlassung des Kongo-Arbeiterkreditvereins bestellt? Kreisgeschäfte mit deutschen Aktien und Leerverkäufe waren in aller Welt von Tokio bis São Paulo in Mode gekommen. Jede einzelne Prüfung hätte alle deutschen Finanzämter auf Jahre gelähmt.«

Er schaute auf seine Hände und fuhr fort: »Ja, und dann kam man in der Wilhelmstraße auf die glorreiche Idee, dass deutsche Banken, die die Aktien beherbergen, auch die Anträge zur Rückerstattung von Dividendensteuer und Soli an die Ämter schicken sollten. Und das war das Depotbankgesetz von 2007. Die Depotbank war folglich Erfüllungsgehilfe des Finanzamts und musste ausdrücklich versichern, vom Aufstehen bis zum Schlafengehen gesetzestreu zu bleiben.«

»Und? Wie geht unser Märchen weiter?«, hakte sie nach.

»Kein Finanzamt hat danach überprüft, ob die elektronischen Sammelanträge der jeweiligen Depotbank richtig waren. Ob nicht ein-, zwei- oder gar zehnmal steuerliche Rückerstattung auf eine einzige Dividende beantragt wurde. Für Vater Staat war das maximal bequem. Denn jedes Jahr nach der Dividendensaison gibt es Hunderttausende Sammelanträge. In Berlin hieß es: Auf deutsche Depotbanken ist Verlass. Das war allerdings der Kenntnisstand vor der Ermordung von Alfred Herrhausen im November 1989.«

Der jungen Frau wurde es kalt um die Beine. Es war zwar schönes, aber nur frühlingswarmes Wetter.

»Wir haben nur noch zehn Minuten, wenn ich Sie zum 18-Uhr-20-Zug Richtung Wiesbaden bringen soll«, mahnte Wörner. »Lesen Sie mal meine Personalakte vom Finanzamt V. Ihr zufolge leide ich noch immer an unheilbarer Paranoia.«

Beim Aussteigen hauchte sie ihm einen Kuss auf die Wange. Sie fand Wörner sympathisch und klug: »Ich werde unserem Minister berichten. Sie hören bald von mir.«

Ihr Zug hatte allerdings 35 Minuten Verspätung, weshalb sich Ewa Zeligmann vom langen Stehen am Gleis eine ausgewachsene Erkältung holte. »Fahrten mit der Deutsche Bahn sind das letzte Abenteuer«, war ein gängiger Kalauer im Ministerium. Kattenberger pflegte dann den Satz zu ergänzen: »Fahrpläne müssen abgeschafft werden, dann sind alle Züge pünktlich.«

Beim Montagstreffen des Finanzministeriums erklärte Kattenberger: »2019 ist Hessen so weit, ab dann werden unsere Schulden sinken.« Die Damen und Herren Ministerialbeamtinnen und Ministerialbeamten dankten ihm mit Tischklopfen und berichteten nacheinander von ihrer täglich mühevoller werdenden Verantwortung für das »Hesse-Land«.

Die Zeligmann meldete sich auch zu Wort: »Wenn wir die Steuerfahndung personell nachhaltig aufstocken, wird's uns noch schneller besser gehen.«

Sie erntete ringsum missbilligende Blicke. Deshalb wandte sich Kattenberger wieder seinen vermeintlich Getreuen zu: »Reise Se net zu viel nach Brüssel. Geben's acht. Da wird so viel geklaut.« Mit diesem

Satz verabschiedete Kattenberger seine vermeintlich getreuen Recken und wandte sich seiner Referentin zu: »Was habbe Se mir vom Wochenende zu berischde, Frau Doktor?«

»Großer Meister«, antwortete sie. »Die Stadt Fulda ist schön. Aber per Zufall, also unser *Gott* hat es so vorher geplant, trifft mich ein Mann. Der heißt Wörner, war einst höchst erfolgreicher Steuerfahnder in Frankfurt V, ist immer noch klug und trägt dennoch unseren amtlichen Stempel ›unheilbare Paranoia‹ in seiner Personalakte.«

»Da habbe Se 'n Teil de' unbezahlte Reschnunge wieda auf de' Tisch gebläddert. Kümmere se sisch zukünftisch bidde drum«, sagte er und knöpfte die Jacke seines blauen Anzugs zu. Presse und Öffentlichkeit kannten nur einen Finanzminister in ewig blauen, schlecht sitzenden Anzügen aus Kammgarn mit viel zu weiten Hosenbeinen. Wenn er zu Hause in Carlsdorf eintraf, wechselte er sofort in seine ledernen Knickerbocker. Die wollte er bis ins Alter tragen.

»Se lasse auch nix aus«, fügte der Minister stöhnemd hinzu und legte eine Handakte beiseite. »Wisse se, mei Mädsche: In de' Polidik is des ganz so wie bei 'ner stinknormale Erbschaft: Man öffnet des Kästsche und statt de' güldene Taler finde sisch außer unbezahlte Reschnunge nur Hypotheke schlimmste Ahd. Lasse Se misch über mei Amtsvorgänge bitte, bitte schweische. Aber das Fahnderteam von Frankfort V liescht mir seit 2011 uf de Seel. Ehrlisch. Doch wenn isch misch als de'

amtierende Ministä bei diese vier äntschuldische, trete
isch meine Vorgänge in de Knie und mach miä de Partei
zuun Feint.«

Er unterließ es, zu erwähnen, dass die Primus Bank
ihre Drohung wahr machen und mit ihrem Sitz von
Frankfurt nach London wechseln würde.

Kapitel 4
Schamlos übertrieben

Die racinggrüne Mercedes-S-Klasse mit den abgetönten Scheiben kam auf der Autobahn Richtung Frankfurt gut voran.

Wie an jedem Arbeitstag hatte der Fahrer seinen Chef in der Nähe von Bad Homburg abgeholt, um ihn ins Frankfurter Bankenviertel zu fahren.

Jean Balladier hatte es sich auf dem rechten Rücksitz bequem gemacht. Auch er folgte dem ungeschriebenen Gesetz, dass ein Chef, ein Entscheidungsträger, nur dort Platz zu nehmen habe: nicht hinter dem Fahrer und schon gar nicht neben dem Fahrer. Der Platz hinter dem Fahrer behinderte eine mögliche Kommunikation mit dem Untergebenen; der neben ihm galt in Balladiers Kreisen nahezu als Anbiederung an das Personal.

»Standesdünkel« hätte er trotzdem weit von sich gewiesen. Derlei war nicht Teil seiner DNA oder der seiner Familie. Über Generationen hatten die Balladiers Lehrer und Soldaten hervorgebracht: Dorfschullehrer, Gymnasiallehrer, Kolonialoffiziere, die in Afrika oder Vietnam ihren Dienst versehen hatten. Dazu gehörte auch Jeans Vater Phillip, der als junger Offizier zum Stab des Hohen Kommissars für die französische Besatzungszone nach Bonn abkommandiert worden war, wo Jean als erstes Kind der Balladiers 1953 das Licht der Welt erblickt hatte.

Ein Zufall, der ihm in seinem späteren Lebenslauf sehr hilfreich werden sollte, denn im Gegensatz zu den meisten Franzosen seiner Generation blieb ihm Deutschland nicht nur ein fremdes Nachbarland. Phillip Balladier hatte sich als Deutschlandexperte einen Namen gemacht und fand nach dem Ende des Besatzungsstatuts 1955 eine Verwendung an der nun neu gegründeten französischen Botschaft in Bonn. Und anders als viele Diplomatenfamilien in der jungen Bundeshauptstadt suchten die Balladiers auch privat Kontakt zu den Deutschen. So hatte es nicht lange gedauert, bis der junge Jean akzentfrei Deutsch sprach.

Doch anders als die Balladiers vor ihm zog es Jean nicht in den Staatsdienst. Längst wieder zurück in Frankreich, studierte er nach dem Baccalauréat in Paris Wirtschaftswissenschaften und setzte einen erfolgreichen Abschluss bei der INSEAD obenauf.

Einer erfolgreichen internationalen Karriere stand nichts mehr im Weg. Für die Société Générale ging er zunächst nach New York, um dann in Paris scheinbar unaufhaltsam die Karriereleiter emporzusteigen.

Anfang der neunziger Jahre war er »Nummer zwei«. Doch den Kampf mit der »Nummer eins« verlor er. Jean Balladier blieb nur, die Bank zu verlassen. Seine

Karriere in Frankreich schien beendet. Dabei war er gerade einmal etwas über fünfzig! Im Nachhinein sollte sich der vermeintliche Absturz als Booster seiner Karriere erweisen. Die Primus Bank machte ihm ein Angebot, das ihn in wenigen Jahren in die höchsten Höhen der europäischen Finanzindustrie befördern sollte.

»Hier können Sie zeigen, was Sie können«, hatte ihm der Vorsitzende des Aufsichtsrats nach seiner Ernennung gesagt. »Aber es geht Ihnen auch der Ruf einer gewissen Rücksichtslosigkeit voraus. Wie sehen Sie das?«

Kurz war Jean erschrocken. Natürlich war er in seinem Auftreten und mit seinem Charme durch und durch Franzose. Und doch hatte er sich diese Art, »auf den Punkt zu kommen«, in seinen Jahren in New York zu eigen gemacht.

»Nun, Rücksichtslosigkeit würde ich es nicht direkt nennen«, suchte er sich an seinen Gesprächspartner heranzuarbeiten. »Ich denke nur, unsere Branche erlebt mit der Digitalisierung und der Globalisierung eine Zeitenwende. Und diese Zeitenwende stellt auch neue Anforderungen an jene, die sie erfolgreich meistern wollen. Und da sind manche Verhaltensweisen, die wir von unseren Vorgängern kennen, einfach überholt. Die Bankiers der alten Schule treten ab, den Bankern gehört die Zukunft!«

Dabei betonte Jean das Wort »Banker« mit so viel gedehntem US-Slang, wie es ihm nur möglich war. »Banker«, das wollte er sein, »Wolf of Wall Street« – wenn es sein muss – auch in Frankfurt am Main.

»Das ist ein Statement.« – Das »junger Mann« konnte der Aufsichtsratsvorsitzende gerade noch runterschlucken.

»Ich sehe, Sie haben Großes mit der Primus Bank vor, und deswegen haben wir Sie auch zu uns geholt: Unsere Bank muss wachsen, Global Player werden, den Finanzplatz Deutschland aufwerten. Sonst finden wir uns bald am Ende der Futterkette wieder. Ich bin neugierig auf Ihre Pläne.«

»Das freut mich sehr«, bedankte sich Jean brav. *Mal sehen, wie weit Ihre Karriere meine Pläne überlebt! –* Aber das dachte er nur.

Mit seinen über 530 PS glitt die Limousine auf der A 5 ihrem Ziel entgegen. Der Fahrer hielt sich, wie er es im Sicherheitstraining gelernt hatte, möglichst konstant auf der mittleren der drei Fahrspuren. In seinem dunkelblauen Sakko und mit der Porsche Design Sonnenbrille sah er nicht gerade aus wie der Chauffeur eines Konzernchefs. Auch dies gehörte zum Sicherheitskonzept, so wie das Fahrzeug selbst. Die Panzerung und die schussfesten Scheiben waren auf den ersten Blick nur für Fachleute erkennbar: Die schwarzen Ränder der Front- und Heckscheibe waren breiter, die Scheiben schimmerten bei bestimmtem Lichteinfall leicht bläulich. Derlei zu überprüfen wäre wohl keinem der Insassen der Wagen rundherum je in den Sinn gekommen. Für die Berufspendler war es einfach nur ein »dicker Benz«, wie er gerade in der Mainmetropole an jeder Ecke zu sehen war.

Dieses »Understatement« hatte die Primus Bank fast 600 000 Euro gekostet. Dafür verspricht Marktführer Mercedes aber auch den bestmöglichen Schutz der gut betuchten Fahrgäste. Kein anderes ziviles Fahrzeug ist mit der Schutzklasse VR 10 zertifiziert.

Am 30. November 1989, wenige Tage nach dem Fall der Berliner Mauer, hätte ein so geprüftes Fahrzeug Geschichte schreiben können – oder besser: verhindern können, dass Geschichte geschrieben, Bankengeschichte neu geschrieben wurde. An diesem Tag zerriss die Bombe der von der Staatssicherheit der DDR gesponserten »Roten Armee Fraktion« RAF den Mercedes des damaligen Vorstandsvorsitzenden der Deutschen Bank, größte Konkurrentin der Primus Bank. Alfred Herrhausen starb Minuten später. Die damalige Panzerung hatte dem massiven Anschlag nicht standgehalten.

Mit dem Anschlag fand nicht nur das Leben eines Mannes sein Ende, der als klassisch gebildeter Intellektueller maßgeblich das Wirtschaftsleben der alten Bundesrepublik beeinflusst hatte, es war auch das Ende einer Philosophie, die Herrhausen seiner Bank und seiner Industrie hatte nahebringen wollen. In den Nachrufen wurde immer wieder sein Blick auf die Bankenlandschaft zitiert:

»Natürlich haben wir Macht. Es ist nicht die Frage, ob wir Macht haben oder nicht, sondern die Frage ist, wie wir damit umgehen, ob wir sie verantwortungsbewusst einsetzen oder nicht.«

Untypisch für einen Manager seiner Generation war auch sein Interesse an den Problemen der sogenannten Dritten Welt. 1987 hatte Herrhausen sogar laut über einen Schuldenerlass für diese Staaten nachgedacht und dafür Empörung und Unverständnis – nicht nur in seiner Branche – geerntet.

Da ist der junge Banker aus Bonn mit französischen Wurzeln aus ganz anderem Holz geschnitzt.

»So tragisch der Tod von Herrhausen menschlich auch sein mag«, hatte ihm sein Mentor, der Aufsichtsratsvorsitzende, ans Herz gelegt, »so kolossal tragisch wäre der Irrweg gewesen, auf den Herrhausen unsere Branche schicken wollte. Unsere Freunde an der Wall Street und in London hätten auf jeden Fall gejubelt, dass wir uns aus dem internationalen Wettbewerb verabschieden.«

Balladier sorgte in den nächsten Jahren dafür, dass die Konkurrenz an der Themse und auf der anderen Seite des Atlantiks keinen Grund zum Jubeln fand, wenn der Name »Primus Bank« fiel.

Seine Limousine hatte inzwischen die Autobahn verlassen und steuerte durch den Frankfurter Stadtverkehr dem Bankenviertel zu. An einer unscheinbaren Einfahrt verschwand der Wagen unter der Firmenzentrale in der Tiefgarage des Vorstandes. Das für die normalsterblichen Mitarbeiter der Bank übliche Öffnen der Schranke mit dem Firmenausweis entfiel für Balladier natürlich. Stattdessen öffneten hilfreiche Hände den Wagenschlag, als der Fahrer vor dem Vorstandsfahrstuhl zum Stehen

kam. Der brachte ihn, wie jeden Morgen, ohne Halt in
den 40. Stock zu seinem Büro.

Zu Beginn seiner Karriere hatte er den Ausblick
auf die Stadt noch genossen, war an eines der boden-
tiefen Fenster seines Büros getreten und hatte auf die
Stadt geschaut, die Flugzeuge beobachtet, die vom
Rhein-Main-Flughafen aufstiegen oder sich in einer
langen Kette zur Landung anschickten.

Im Laufe seines Aufstiegs bei der Primus Bank war
auch sein Büro im Hochhaus weiter nach oben geklet-
tert, der Ausblick immer spektakulärer geworden. Doch
über die Jahre war dieser Anblick für den Banker zur
Alltäglichkeit verkommen. Und auch an diesem Morgen war er im Kopf bereits bei seinen ersten Terminen,
während er mit kurzem Kopfnicken seine Sekretärinnen begrüßte. Beide wussten genau, dass dies kein
Moment war, um den Chef abzufangen, ihn mit neuen
Informationen zu füttern. Jean Balladier wünschte
erst einmal in seinem Büro anzukommen, die Tür zu
schließen. Das war ein allgemein bekanntes Ritual in
der Vorstandsetage.

An diesem Vormittag sollte die Tür besonders lange
geschlossen bleiben, denn Balladier erwartete einen
vertraulichen Anruf aus der Londoner Filiale.

Sein alter Freund Klaus-Peter hatte ihn dringend
darum gebeten. Beide verband eine tiefe Zuneigung
und Achtung, seit sie sich vor Jahren in Berlin bei einem
Empfang des Finanzministeriums kennengelernt hatten.
Klaus-Peter war damals dort noch Ministerialdirektor

gewesen. In seiner Funktion war er zuständig für die Bankenaufsicht und somit auch ein in der Branche durchaus gefürchteter Mann. Beim Blick auf sein Gehaltskonto aber eher ein armer Mann im Vergleich zu den Leuten aus der internationalen Bankenwelt, mit denen er tagein, tagaus zu tun hatte. An jenem Abend – es war schon die Zeit für offene Worte mit Promille gekommen – hatten sich die beiden Herren zusammen mit einer Flasche Amarone Classico von Bertani etwas aus der Gesellschaft zurückgezogen. Bei diesem Gespräch hatten sie beschlossen, in Zukunft eine für beide Seiten lukrative Zusammenarbeit anzustreben.

Inzwischen kamen den Plänen der beiden Freunde auch die neuen Mehrheitsverhältnisse im Bundestag entgegen, und selbst die aufgekommene harsche Diskussion um die Personalie Klaus-Peter in der öffentlichen, besonders aber in der veröffentlichten Meinung hatte die Vorhaben der beiden nicht aufhalten können. »Die Hunde bellen, aber die Karawane zieht weiter«, hieß es schon in der Ära Kohl. Und nun war, aller Skepsis und Unkenrufe zum Trotz, sein »Mädsche«, erste Frau im Kanzleramt geworden. Jean hatte diese Frau aus dem Osten mit ihrer Durchsetzungskraft und Nervenruhe schon seit Jahren bewundert.

Der Widerstand gegen das Vorhaben, Klaus-Peter den Wechsel zur Primus Bank zur ermöglichen, war rasch dahingeschmolzen und der bis dato verhinderte Banker konnte nun endlich in Topposition ein Büro seines neuen Arbeitgebers in London beziehen. Und nicht nur das: Schnell hatte er sich auch eingearbeitet und nun gab es Gründe, sich mit Frankfurt kurzzuschließen.

Mit einem für Jean mittlerweile vollkommen ungewohnten »Bonjour mon ami« begrüßte Jean seinen Freund an der anderen Seite der Leitung. »Wie hast du dich eingelebt? Alles okay mit deinem Apartment?«

»Danke der Nachfrage«, kam es aus London. »Ich bin noch gar nicht richtig eingezogen. Ich habe ganz andere Probleme hier: Stichwort Dividendenstripping oder auch Cum-Ex – sagt dir das was?«

Balladier musste nicht lange überlegen. »Ja, dieses Mini-Zusatzgeschäft – betreibt doch die Bank seit Jahren. London – also dein Laden – hat das für uns beziehungsweise für unsere ausländischen Kunden immer abgewickelt. ›Peanuts‹, wenn ich mich recht entsinne. Was ist damit?«

»›Peanuts‹ waren es vielleicht einmal, lieber Jean. Aber – um im Bild zu bleiben – aus den Erdnüssen sind mittlerweile veritable Kürbisse geworden. Mit einem enormen Wachstumspotenzial.«

Damit hatte er die Aufmerksamkeit seines Gönners gewonnen. »Wachstumspotenzial – du, das können wir gerade brauchen. Du weißt ja, wie mich die Hunde von Presse und Aufsichtsrat wegen meines Renditeziels jagen. Ach was, jagen – hinrichten möchten sie mich.«

»Und wenn das alles rauskommt, was ich hier in meinen Unterlagen gefunden haben, werden sie das auch. Aber bis jetzt ist ja alles gut gegangen, und warum soll es nicht auch in Zukunft so sein?«

»Wie? Was hast du gefunden? Wovon redest du?«

»Ich habe hier Protokolle, die mein Vorgänger aufgehoben hat. Bereits 2004 – also schon unter deiner
Fuchtel – haben leitende Mitarbeiter in Frankfurt
und London diskutiert, auf welche Weise wir aus den
Cum-Ex-Transaktionen Honig saugen können, ohne
dass wir vom Fiskus oder gar unseren Kunden in
Haftung genommen werden können. Toll, was? Und
da haben gleich die Jungs von der Steuerabteilung
eingegrätscht, dass wir – also Primus – durch eigenen
Börsenhandel auch Cum-Ex-Profite einfahren. Dies
könnte, falls das Modell mal scheitert und die Finanzverwaltung das Loch stopft, zu einem Reputationsrisiko
für unser seriöses Geldhaus werden. Oder lass es mich
so sagen: Die Steuerfritzen wissen und wussten ganz
genau, dass die Geschichte halbgar ist.«

»Ja, ich erinnere mich schwach«, warf Jean ein.

»Na, ›schwach‹ reicht ja auch aus. Die Bedenkenträ-
ger haben ja selber schon Monate später grünes Licht
gegeben. Die haben dann wohl auch Blut geleckt. Ich
habe das gerade vorliegen. Die schreiben: ›Vertraglich
entsprechen die so durchgeführten Geschäfte den Bör-
senbedingungen. Zudem können weder der Käufer noch
ein Finanzamt nachvollziehen, dass es zur Ausstellung
zweier Steuerbescheinigungen gekommen sei.‹ Und
jetzt kommt's: ›Zwar halten wir weiterhin an unserer
Warnung vor einem Reputationsrisiko fest, gleichzeitig
sehen wir nur ein sehr geringes Risiko, dass Primus in
dieser Angelegenheit verklagt wird.‹ Sauber, was?«

»Na, das klingt doch wie bei James Bond. Wir haben die ›Doppel-Null‹-Lizenz zum Töten«, grinste er in den Hörer, »oder besser zum Rauben.«

»Jean, dieses böse Wort aus dem Mund eines ›Banquiers‹« – Klaus-Peter wusste, wie sein Gesprächspartner das Wort hasste –, »dann steht wohl der Untergang des Abendlandes unmittelbar bevor«, antwortete er lachend.

»Noch nicht ganz«, wieherte Jean. »Ich habe da nämlich auch eine Neuigkeit: Ich glaube, wir können da noch einen draufsetzen, lieber Klaus-Peter. Ich hatte da neulich Kontakt zu einem ganz cleveren Juristen von dieser internationalen Anwaltskanzlei Notex. Sehr netter Junge, hochbezahlt, der sich hier als ›Sparschwein‹ im Bankenwesen einen Namen gemacht hat. Ich hatte bis jetzt gar nicht richtig verstanden, was er meinte, doch jetzt geht mir ein Licht auf: Es soll angeblich eine Lücke im Gesetz geben und das schon seit Jahren. Das Spiel funktioniert auch, wenn wir überhaupt keine Kapitalertragssteuer abführen. Das prüft bisher kein Schwein in deutschen Finanzämtern. Es reicht, wenn wir sie vom Fiskus zurückfordern. – Und das so oft, wie wir wollen.«

»Jean, hör auf. Jetzt übertreibst du aber maßlos!«

»Mon Cher, was heißt hier maßlos – schamlos wäre richtiger. Aber wenn der Fiskus so blöd ist und uns den Tresor selbst aufschließt … Du, ich muss an meine Rendite denken. Und dein kleiner Obolus und die Boni müssen ja auch irgendwie verdient werden.«

Auf beiden Seiten der Leitung kannte die Heiterkeit keine Grenzen mehr, bis Jean das Ende des Gespräches einläutete:»Lass mich sehen, was ich machen kann. Ich werde dieses Juristengenie noch mal anhauen. Bis dahin. Wir hören uns!«

Kapitel 5

Die wahre Krönung der Schöpfung

»Was ist Immanuel Kant, was ist Albert Einstein im Vergleich zum deutschen Juraprofessor?«, pflegte Ewa Zeligmann zu fragen, sobald sie sich beim Treffen der Abteilungsleiter oder einem Empfang der Landesregierung zu langweilen begann. Ihr umstehendes Publikum reagierte immer den Parkinsonschen Gesetzen entsprechend: Die Damen und Herren des höheren Staatsdienstes schwiegen betreten, während die Gäste aus der Wirtschaft spöttisch zu grinsen begannen. »Richtig geraten«, löste die Zeligmann ihr freches Rätsel auf. »Juraprofessoren, Strafverteidiger und Wirtschaftsprüfer: Die sind die wahre Krönung der Schöpfung. Kant und Einstein hingegen nichts.«

Staatssekretäre und Ministerialdirektoren fanden derartige Auftritte der Referentin despektierlich. Ihr Scherz sorgte ohnehin bei vielen älteren Herren für Verärgerung, weil jeder von ihnen noch seine eigenen Staatsexamina in böser Erinnerung hatte. »So ein junges Ding«, flüsterten sie. »Wie sie schon daherkommt – die Coco Chanel des Ministeriums – immer mit konträrer Meinung – vielleicht hat sie in der Wall Street nur rumgsässe – ist Wall Street schon Eintrittskarte für höheren Dienst? – und der Kattenberger, wer weiß, wer weiß!«

Jeder Mann, jede Frau, der oder die lange Jahre in der Politik kämpft, weiß, wie viel dummes, wie viel niederträchtiges Zeug über sie in der Öffentlichkeit, in der Verwaltung gezischelt und erst recht, was in Ministerien über sie geflüstert wird. Kattenberger sagte deshalb zum Schluss einer jeden Sitzung: »Meine Herren, vor allem danken wir unserer jungen Kollegin Zeligmann, dass sie uns mit Witz, besser gesagt, Chuzpe auf neue Ideen gebracht hat.«

Bei ihren heimlichen Recherchen zum Fiasko der vier Steuerfahnder von Frankfurt V war Ewa Zeligmann eine Randfigur aufgefallen, deren Namen sie in jüngster Zeit öfter gehört hatte: Meinhard Kellner. Das sei ein stattlicher, superintelligenter Einserjurist, hieß es, der es in der Frankfurter Steuerverwaltung in Kürze bis zum Regierungsdirektor gebracht habe. Aber Kellner habe sich nicht damit zufriedengegeben, lediglich einer unter vielen Regierungsdirektoren zu sein. Beamte, die Zeligmann befragte, sagten ihr: »Der Kellner, der wollte es den Bankvorständen mal richtig zeigen. Der wollte Macht. Die von der Primus Bank und all die anderen Banker sollten vor ihm kuschen. Widerspruch duldete der nicht! Auch nicht bei seiner Minitruppe von der Steuerfahndung. Denen hat er damals immer gesagt: Ihr könnt den Bankern zeigen, was eine Harke ist. Aber

dann hat er wohl gedacht, in einer Kanzlei für Steuerrecht verdienste mehr, und ist Millionär geworden.«

Der Referentin des Ministers war nach dem Gespräch
ein Licht aufgegangen. Kellner hatte seinerzeit die
Fahnder nicht nur gut trainiert, sondern auch bestens
motiviert, den Kampf mit den Bankern zu wagen. Was
die kleine Elitetruppe dann 1996 bei ihrer nicht ange-
kündigten Prüfung der BO-Bank auch tat, dem Staat
unverhofft einige hundert Millionen rettete und damit
breites Aufsehen erzeugte. Im Bankenviertel herrschte
damals Panik. Einige Banker, die über den Horizont des
Maulwurfs hinausschauten, waren sich jedoch schnell
darin einig, dass das sogenannte ›glorreiche Kleeblatt‹
vom Finanzamt V keinen Blitzkrieg, sondern einen
Guerrillakrieg begonnen hatte. »Was wird aus unserem
Fonds- und Derivategeschäft, wer von uns kann noch
mit einem Millionenbonus rechnen?« Das fragte man
sich zu Silvester 1996/1997 in den obersten Etagen.

»So etwas will ich nicht noch einmal von Ihnen
hören«, hatte Zeligmann Taxifahrer Wörner zur Ordnung gerufen, als der ihr am Telefon sagte: »Sie wisse
doch, dass die Primus-Banker – also die mit Geburts-
ort Singapore und Kuala Lumpur – immer glückliche
Freundschaft mit 'nem Spitzenpolitiker, sei es nun der
Premier oder der Schatzkanzler, pflegen.« Sie hatten
beide gelacht und beide geahnt, dass ihre Gespräche
abgehört und archiviert wurden. Mit der Zeit war es
so gekommen, dass sie Wörner um Hilfe bat, wenn sie
ein Steuerthema nicht durchschaute. Ihren Minister

verschonte die Referentin davor, all ihre Recherche-
ergebnisse präsentiert zu bekommen. Ihre Folgerungen
hätten bei Kattenberger augenblicklich eine weitere
Phase tiefer Depression ausgelöst.

Aber Meinhard Kellner war sie auf der Spur geblieben. Das war erstaunlicherweise weder kompliziert
noch gefährlich. Denn die Finanzkanzleien, die im
Bankenviertel einen Namen hatten, lechzten geradezu
nach Kellners Ideen und Schleichwegen, um Steuern
zu sparen. »Steuervermeidung«, das war sein Wort.
Kellner hatte es beispielsweise geschafft, durch spezielle
entsprechende Methoden die Gehaltssteuersätze seiner
Kanzleipartner von fünfzig auf sagenhafte fünf Prozent
zu senken. Aber auch als wohlverdienter Partner dieser
und jener Frankfurter Anwaltskanzlei hatte er es immer
nur wenige Jahre ausgehalten, um sich schließlich mit
einer eigenen selbstständig zu machen.

Er suchte und fand innerhalb weniger Wochen
Juniorpartner, blutjunge Prädikatsjuristen wie er selbst,
die ebenso in Karriere und Geld vernarrt waren. »Nur
wer die Steuerlöcher kennt, weiß sie zu verbergen.« Mit
diesem Wahlspruch wusste er innerhalb von Minuten
Klienten zu überzeugen. Im Nu hatte sich von Berch-
tesgaden bis Flensburg herumgesprochen, dass da in
Frankfurt ein Zauberkünstler am Werke sei, der jedem
aus der Patsche helfe, der sich ihm mit seinen Steuersor-
gen anvertraute. Einer dieser Milliardäre spottete einmal nach Kellners Besuch: »Gelegentlich werden falsche
Propheten in staatlichen Münzanstalten geprägt.«

Aus seiner Zeit als oberster Steuermann in Frankfurt hielt Kellner freundschaftliche Verbindung zu den maßgeblichen Aktienhändlern in London. Dann und wann korrigierte er mit deren Unterstützung Kurse deutscher Aktien nach oben oder unten. Er flog viel und erholte sich, sobald er in München, Hamburg, Berlin oder Nizza einem potenziellen Klienten den ganzen Orbit der Steuerlöcher wortreich darzustellen vermocht hatte. Kellner liebte es geradezu, lange und eindringlich auf Menschen einzureden. Oft hatte er dabei einen alerten Lehrling im Gefolge. Für dessen zukünftige Karriere hatte er stets die rechte Phrase am rechten Platz parat. Aber während Kellners Auftritt hatte der Lehrling die Klappe zu halten.

»Ein bisschen abgehoben ist er, aber am Ende ist Kellner doch sehr sympathisch«, so skizzierten ihn deutsche Milliardäre beim traulichen Kamingespräch in den Schweizer Alpen. Als guter Propagandist der Steuervermeidung konnte Kellner sogar mit Hilfe der Wahrheit überzeugen. Weil die Anfahrt zur Kundschaft aber nicht mehr so weit sein sollte und seine Frau immer häufiger den Wunsch geäußert hatte, sie wolle nicht mehr wochenlang allein ihre Abende in Frankfurt verbringen, war Familie Kellner schließlich mit Sack und Pack – das heißt mit Tonnen von Akten – ebenfalls vierhundert Kilometer südlich in die Schweiz verzogen.

In den Jahren nach der Jahrtausendwende hatte Kellner, der Zauberer der Steuervermeidung, lange vergeblich versucht, auch im Kreise der Hamburger Milliardäre ein Bein auf den Boden zu bringen. Die einen waren innerhalb ihrer Familie dauernd verzankt. Sie sagten, sobald sie sich nach der Weihnachtsfeier bei Oma an der Alster verabschiedeten: »Ich freue mich schon auf den dritten Januar. Dann musst du meine neue Klage gegen dich lesen.« Mit den Hamburger Spediteuren und Schiffsmaklern mochte Kellner auch nichts zu tun haben. Die planten langfristig über Generationen und verabscheuten das schnelle Geld. Beim Tagesabgleich hatte sein bester Zauberlehrling die passende Idee: »Wenn wir mit dem Family-Office der Weinheim Bank ins Gespräch kommen, dann öffnen sich uns alle Türen im Norden.«

Gesagt, getan. Nach gut drei Monaten durfte Kellner zur Audienz bei den Hamburger Privatbankiers erscheinen.

Als er vorbei an den antiken Marmorstatuen griechischer Nymphen und Göttinnen die ebenso weißen Marmorstufen emporstieg, wurde ihm bewusst: Es würde Zeit und Nerven brauchen, die Inhaber von seinen Ideen zu überzeugen.

»Wenn Sie einen guten Flug hatten, so können Sie gleich mit Ihrem Vortrag beginnen«, empfing ihn Sebastian Franck in einem ebenso geschmackvollen, klassizistisch weißen Saal. Er trug einen seiner vielen Flanellanzüge, der Kragen seines weißen Hemdes war geöffnet. Sein heutiger Besucher interessierte ihn nicht im Mindesten. Immer wieder erfreute er sich aber

seines hellen Besprechungssaales. »Polnische Stuck-
kateure haben den alten Glanz wiederhergestellt. So
hervorragendes Handwerk findet man in Deutschland
längst nicht mehr.«

Kellner war zum ersten Mal seit Langem wirklich
beeindruckt, blickte bewundernd den Mahagonitisch
entlang hin zu den von weißen Seidenstores umrahm-
ten französischen Fenstern. »Ästhetik ist Ethik«, sagte
er und ließ sich auf einem der mit schwarzem Rosshaar bezogenen Stühle nieder. Seine Worte klangen ein
wenig neidisch. Neben der Schale für die Kekse und
Schokoladenplättchen »für Besucher« lag ein Buch mit
dem Rücken nach oben. Es war die in altgriechischer
Schrift gedruckte *Politeia* von Platon.

Franck hatte die Blicke des Besuchers verfolgt. »Entschuldigen Sie. Ich hab's dort vergessen. Zur Entspan-
nung knöpfe ich mir den Herrn manchmal vor.«

Kellner war sichtlich erleichtert: Das war der
Gesprächsfaden, der zum Geschäft führte. »Ich habe
Thukydides stets Platon bevorzugt. Er bleibt immer
exakt und immer Historiker. Und er steht immer neu-
tral über den Dingen. Er verliert sich nicht im Philoso-
phieren.«

Auch der alte Franck entspannte sich: Sein Gast hatte
den Namen Thukydides richtig betont. »Auf welchem
altsprachlichen Gymnasium haben Sie's getrieben?«,
fragte er.

»Auf dem Lessing-Gymnasium, an der Fürstenber-
gerstraße in Frankfurt.«

»Wurde das nicht bereits 1520 gegründet?«, erkundigte sich der Bankier. Kellner nickte.

»Ich hatte jüngst auf der Abiturfeier meiner Enkelin ein entsetzliches Erlebnis«, fuhr Franck fort. »Sie können's vielleicht schon in etwa ahnen. – Also, ein Gymnasium: ein immerhin auch schon über dreihundert Jahre bestens funktionierendes Zentrum der alten Sprachen und des Hirntrainings, das von den Sozis jetzt auf Naturwissenschaft getrimmt werden soll. Der Direktor ist bereits Neusprachler.« Franck machte eine Pause. »Dieser Knallkopf ruft meine Enkelin bei der Feier zu sich auf die Bühne, schüttelt ihr die Hand, reicht ihr ein ledergebundenes Buch. ›Für die beste Leistung in Altgriechisch‹, sagt der Knallkopf und tönt noch laut ins Mikrofon: ›Junge Dame, ich weiß leider nicht, wozu man Altgriechisch heute noch braucht.‹ Ich wäre vor Wut beinahe aufgesprungen. Aber meine Tochter hielt mich fest.«

»Ja, der Mann sollte wissen, dass Altgriechisch uns lehrt, logisch zu folgern und ernsthaft über Fragen nachzudenken wie: Wem nützt es – dir oder mir? Oder: Ist die Vergangenheit schon beendet? Das Altgriechisch beweist uns die Diktatur der Dummheit in unserem Land«, stimmte ihm Kellner zu.

Franck öffnete einen Jackenknopf: »Ich habe dann beim Mittag herzlich gelacht, als meine kluge Enkelin ihr Buchgeschenk vorzeigte. Es waren die Werke von Aristophanes – gleich zu Anfang die *Lysistrata*.«

»Ja, für Frauen im jugendlichen Alter ihrer Enkelin ist Aristophanes goldrichtig«, amüsierte sich Kellner.

»Aber bei goldrichtig sind wir nun auch genau bei dem Thema angelangt, weshalb ich aus Frankfurt zu Ihnen angereist bin. Nämlich beim Thema Dividendenstripping.«

Franck hatte den rechten Zeigefinger für Sekunden am Mund und schaute dann die Anwesenden beiderseits des Tisches an: »Meine Herren Analysten, meine werten Herren vom Wertpapierhandel und unser aller Herr Hausjurist – lauschen Sie bitte diesem Herrn Steuerfuchs vom Main genau zu. Es könnte zu unser aller Nutzen sein.«

Franck lehnte sich entspannt zurück. Seine Manager wussten seit Jahren die Worte ihres allmächtigen Chefs richtig zu interpretieren. Zu Deutsch hatte er befohlen: »Hört dieser Kanaille aus Frankfurt genau zu. Wenn der das Dividendenstripping, also unsere blöde Dienstleistung für all die vermögenden Familien in London, Stockholm und Amsterdam, endlich rentierlich zu machen weiß, dann macht mit, befolgt seine Ratschläge. Läuft es gut für unser Haus, dann darf der Kerl uns 'ne Stange Geld kosten. Das ist ab heute aber euer Ding. Ich selbst will mit dem Thema Dividendenstripping nicht mehr belästigt werden.«

Der Bankier beugte sich noch einmal nach vorn, fixierte seinen Tischnachbarn zur Rechten und ergänzte: »Karl, Sie werden die Dinge im Rechnungswesen verfolgen.«

Der etwa gleichaltrige Hüne sagte: »Ja, Herr Dr. Franck.«

Kellner legte los: Das deutsche Steuerrecht ähnele den Waben im Bienenstock. Die seien im Handumdrehen zu füllen, aber auch schnell und lautlos zu entleeren. Löchrig sei es allemal. Das wisse jedermann, der sich ernsthaft mit deutschem Steuerrecht beschäftige. Er habe aus seiner Zeit als Regierungsdirektor im Finanzamt Frankfurt davon Kenntnis, dass dieser Umstand der Politik – von links bis rechts – von der Landeshauptstadt Wiesbaden über Berlin bis hin zum Europaviertel in Brüssel bestens bekannt sei.

»Steuergesetze«, so begann Kellner stets seine Predigt vor potenziellen Kunden, »bleiben den meisten Deutschen zeitlebens ein Rätsel, weil das sprachliche Rokoko der beamteten Steuerjuristen Laien von vornherein verwirrt. Meist dient diese Formulierungskunst dazu, die wahre Absicht einer Bundesregierung zu verschleiern. Ich spreche jetzt vom Jahressteuergesetz 2007. Um Tax Collector, also Depotbank des Fiskus, zu werden, mussten Primus Bank et cetera ausdrücklich versichern, gesetzestreu zu bleiben. Selbst für den Fall, dass der deutsche Käufer von einem ausländischen Leerverkäufer Anteilscheine eines hiesigen deutschen Unternehmens erwirbt, muss die deutsche Depotbank des Leerverkäufers auf dessen Dividendenkompensationszahlung Kapitalertragssteuer und Soli abführen.«

Kellner machte eine Pause, um dann fortzufahren: »Meine Herren: Es existiert sogar die Norm Paragraf 45b, Absatz 3, wonach die Depotbank in Haftung genommen werden kann, sollte es zu unrechtmäßigen

Erstattungsanträgen und Auszahlungen kommen.« Kellner schaute in die Runde und sagte lachend: »Dazu notwendige Betriebsprüfungen des Zentralamts für Steuern bleiben jedoch bislang aus.« Sein Auditorium lag ihm nach diesem Satz zu Füßen.

»Wer Steuerlöcher stopfen will, kriegt 'ne Maulschelle verpasst und wird politisch nicht überleben. Denn schlecht formulierte Paragrafen sind geradezu ideal. Sie bieten nicht nur die Chance, sie in unserem Sinne zu interpretieren, sondern häufig darüber hinaus sogar die Möglichkeit, die Absicht des Gesetzgebers auf den Kopf zu stellen. Wir alle sind Zeuge einer Evolution im Steuerrecht: Ein Gesetz zur Steuerrückzahlung seitens des Staats hat sich in ein Subventionsmonster in Milliardenhöhe verwandelt. Cum-Ex ist sein Name.«

Solche Mutationen ins krasse Gegenteil fänden sich überall: Das Umweltrecht der EU bewirke, dass US-Fonds schon heute ein Drittel der Agrarfläche Deutschlands in ihrem Portefeuille hielten. Ja, die neue Monopolgesetzgebung habe zur Folge gehabt, dass die Zahl der Reedereien in Bremen und Hamburg innerhalb von zehn Jahren auf ein halbes Dutzend geschrumpft sei. Deutsches Steuergeld werde wie mit dem Gartenschlauch sinnlos versprengt: »Soldaten fehlt es an Strümpfen und Stiefeln, Autobahnbrücken stürzen in den Rhein, vor Benutzung des Flughafens Berlin wird dringend gewarnt und Soloselbstständige zahlen zwar hohe Steuern, aber für die Zahlung ihres eigenen Rentenbeitrags reicht ihnen das Geld nicht mehr.«

Rhetorisch begabt, wusste Kellner wie ein versierter Konkursverwalter die ökonomischen Fehler und logistischen Unterlassungen der Kabinette Schröder und Merkel so zu präsentieren, dass es einer Satire gleichkam. Kellners Monolog amüsierte selbst den Bankier, der ganz gegen seine Gewohnheit nicht in sein Zimmer verschwunden war und stattdessen ab und an vernehmlich lachte.

»Dividendenstripping heißt heute Cum-Ex«, unterstrich Kellner. »Meine Ex-Kollegen von der Steuer in Thüringen, in Wiesbaden, selbst in der Wilhelmstraße und die Böcke von der Finanzaufsicht in Bonn – ich meine die BaFin – wissen, wie man sich nicht gezahlte Steuer zugutekommen lässt. Ja, und in vorderster Linie unsere Unions- und Sozi-Politiker in den Landesbanken.« Kellner hielt kurz inne, um dann fortzufahren: »Diese politischen Helden – ich denke beispielsweise nur an die in Düsseldorf und Hamburg – wissen ganz präzis, wie man mittels Cum-Ex den Bund tagtäglich und ›nachhaltig‹ abmelkt. Bislang blökt die Kuh nicht.« Alle lachten.

»Falls ich mich nicht irre, sind Sie doch mal der oberste Steuerfahnder in Frankfurt gewesen«, ergriff der Chef des Rechnungswesens der Bank das Wort. »Bleibt seit dem Ärger mit dem ›unglücklichen Kleeblatt‹ denn auch die Steuerfahndung in Hessen praktisch abgeschafft?«

»Meine Herren, Sie und ich wissen: Wenn ich Ihnen hier die Wahrheit sage und die realen Umstände näher

beleuchte, das wäre suizidal. Es gibt aber selbst innerhalb der von uns so hochgeschätzten Volksparteien
einige wenige Persönlichkeiten, die sagen ganz offen: ›In
Deutschland existiert keine Steuerfahndung mehr. Sie
ist seit dem unsäglichen Skandal mit dem Quartett vom
Finanzamt Frankfurt praktisch abgeschafft.‹ Den Skandal, meine Herren, haben alle Beschäftigten der Steuerfahndung – von der Ostsee bis zu den Alpen – in jeder
Phase von Sekunde zu Sekunde verfolgt. Tiefste beruf-
liche Enttäuschung war überall zu erleben. All diese
Kollegen haben ganz offen zu mir gesagt: ›Herr Kellner,
unsere demokratisch gewählten Politiker wollen keine
Steuerfahndung in den Großbanken.‹ Wer das dennoch
wagen sollte, dem bescheinigt der Amtsarzt prompt
unheilbare Paranoia und er muss ab nach Hause. Die
unglücklichen vier klagen seit Jahren vor Gericht und
kommen keinen Schritt voran. Natürlich gibt es hie und
da, zum Beispiel in Düsseldorf, Steuerfahnder und Steu-
erfahnderinnen, die weiterwühlen. Doch ans Tageslicht
dürfen sie mit ihren Steuerwürmern nicht.«

»Und Sie, Herr Kellner?«, bohrte erneut der Chef des
Rechnungswesens. Er war seit Jahren die rechte Hand
des Bankiers und obendrein ein echter Schwabe und
Pfennigfuchser.

»Wir sind, so scheint es mir wenigstens, unter uns.«
Kellner faltete seine fleischigen Hände. »Ich selbst habe
damals beschlossen, nicht länger auf der Seite der Ver-
lierer, sondern auf Seiten der Gewinner zu sein. Und das
sind nun einmal die Großbanken. Und dazu brauche

ich nicht das *Kapital* studiert zu haben. Als früherer Fahnder kenne ich alle Pfade und Schleichwege zur Steuervermeidung: Dividendenstripping ist für Ausländer seit 1976 eine sauberer Weg gewesen, sich Steuerzahlungen rückerstatten zu lassen, die ihnen der deutsche Staat wider alles Europarecht abgeknöpft hatte. Das war über Jahrzehnte in Ordnung.«

Kellner hielt seine Teetasse hoch: »Gibt es noch etwas Öl für meine Stimme?«, und fuhr dann fort: »Nun aber ermöglichen uns der Fortschritt der elektronischen Datenverarbeitung und das Versagen der deutschen Finanzverwaltung, dass unser Staat vorgeblich gezahlte Steuermillionen rückzahlt, die nie entrichtet wurden. Die Bundesrepublik subventioniert damit in erster Linie – ich darf es gar nicht laut sagen – die Primus Bank sowie die parteipolitisch beherrschten Landesbanken. Denken wir nur an Düsseldorf, Hamburg und Kiel. Da wird unser hochverehrter Mister John Maynard Keynes falsch herum gedacht.«

Kellner musterte seine Hörer und fixierte den Schwaben: »Haben Sie geglaubt, in der EU, in den USA und in Japan habe man nicht bemerkt, was in Deutschland vor sich geht? Ich kann mich derzeit vor Anfragen kaum retten. Ihre Bankkollegen in Mailand, Madrid und Malta, die lachen sich ins Fäustchen: Bei Cum-Ex sind wir auch dabei.«

Der Bankier, von dem alle Anwesenden geglaubt hatten, er sei eingenickt, unterbrach den schnellen Redefluss seines Gasts. »Wir bleiben hier in Hamburg bei unserem gewohnten Dividendenstripping. Keine Experimente, meine Herren.« Er schaute prüfend in die Runde. »Wir brauchen in Zukunft nur mehr Masse. Also mehr Aktien von Ausländern und ausländischen Fonds. Haben wir das erreicht, wird sich unsre Dienstleistung nach Jahrzehnten endlich einmal rechnen. Wenn Sie uns diese Personen vermitteln, werden wir Ihnen dankbar sein, Herr Kellner.«

Die Bankmanager klopften ergebenst auf den Mahagonitisch. Der Gast aus Frankfurt verabschiedete sich mit einer Verbeugung vor dem müde gewordenen Bankier, nahm seine Tasche und ging zu Fuß um die Binnenalster zum Hotel Vier Jahreszeiten, wo er mit seinem juristischen Lehrling zu Abend speiste. Im Stillen hatte er erwartet, ins Casino der Bank, dessen Küche legendär war, geladen zu werden. Der Bankier und seine Crew hatten das nicht für nötig erachtet: Vielleicht später einmal.

Bei Terminen in Hamburg nächtigte Kellner gern im Vier Jahreszeiten. Heute verzichtete er auf den Absacker an der Hotelbar, ging zu Bett und las noch ein paar Seiten im *Handbuch für Unternehmenssteuerrecht*. Das hatte einer seiner wenigen echten Konkurrenten von der weltweit tätigen Kanzlei Notex verfasst. Der allseits gepriesene Prädikatsjurist Peter Paulig hatte darin auf beneidenswerte Weise, leicht und locker, beschrieben, wie Investmentfonds, Derivate, Aktien und Festverzinsliches steuerlich und bilanziell behandelt werden müssten.

In seiner früheren Funktion als Regierungsdirektor hatte Kellner Schriftsätze von Paulig zur Lektüre erhalten. Nicht wenige Gefälligkeitsgutachten hatten sich darunter befunden. Sie waren jedoch allesamt von beneidenswerter Eleganz, was in sonstigen Machwerken der Beraterbranche selten zu finden ist. Bevor er das Licht löschte, kreiste ein Gedanke durch Kellners Kopf: »Das schreibt der Paulig alles ausschließlich in der Absicht, unsere Betriebsprüfer in die Irre zu führen.«

Kellner versuchte vergeblich einzuschlafen. Was quälte er sich mit diesem Paulig? War nicht die ganze Steuerbranche auf dem besten Wege, sich unmöglich zu machen? Er konnte partout nicht einschlafen, warf sich von der einen Seite auf die andere, stand schließlich auf und starrte auf die Binnenalster: Welche andere europäische Metropole verfügt über so beeindruckende Wasserflächen mitten in der Innenstadt? Er öffnete ein Fenster. Die Glocke von Sankt Petri schlug zwei Uhr und ›dieser Paulig‹ schlich ihm erneut durch den Kopf: Der war doch nur der allseits bewunderte Autor im Söldnerheer von Finanzberatern, die gegen sattes Entgelt Kochbücher zur Nutzung von Gesetzeslücken im Steuerrecht anboten, nicht? Die Olympiade der Steuerköche dauerte nun ununterbrochen seit sechs Jahren an.

Es waren Anwälte in New York und Chicago gewesen, die als Erste in ihren Kochbüchern Anleitungen dazu gegeben hatten, wie sich nationale Steuersysteme durch Gesetzeslücken unterwandern ließen. Inzwischen hatten die Spitzenköche schon Rezepte auf Gourmetniveau ausgetüftelt. Daraus waren beispielsweise detaillierte Angriffspläne entwickelt worden, mit denen Steuerberater auf die Sekunde digitale Kreisgeschäfte mit dem Ziel organisieren konnten, Profit aus der Steuererstattung zu generieren. Wortwörtlich hieß es im Kochbuch jener New Yorker Großkanzlei: »Sie müssen sorgfältig koordinieren, dass die Person, die die Aktien von Ihnen kauft, sie auch durch eine andere Transaktion an Sie zurückverlagert. Das muss gleichzeitig geschehen, um sicherzustellen, dass es kein finanzielles Risiko bei der Transaktion gibt.«

So wie deutsche Gesundheits- und Gewerbeämter ohne Vorwarnung alltags Restaurant- und Hotelküchen kontrollieren, prüft die US-Finanzaufsicht (SEC) permanent, beinahe stündlich, die Rezepte und Mahlzeiten, welche US-Banken und Fonds auftischen. Die Fahnder aus Washington sind mit Grund sehr gefürchtet. So machen sie sich etwa einen Sport daraus, nachts die Pförtner einer Bankzentrale zu überraschen, um Festplatten zu kopieren, ehe morgens die erste Angestellte ihr Büro betritt. Endlich eingeschlafen, wünschte sich Kellner im Traum, Kontrolleur in Washington zu sein und saftige Geldbußen zu verpassen. Beim Duschen überlegte er sich's jedoch anders und später beim Frühstück sagte Kellner zu seinem Lehrling: »Mindestens fünf Gourmetsterne wünsche ich mir.«

Mittags rief er aus seiner Frankfurter Kanzlei zwei Aktienhändler der Primus Bank an: »Ich brauche in London Broker, Interdealer. Die Leute müssen auf dem

Quivive sein, Leute, auf die ich mich bei jeder Cum-Ex-Tranche absolut verlassen kann.«

Die beiden Primus-Banker zeigten sich sofort zur Unterstützung bereit. So sagte der eine:»Weißt du denn noch nicht, dass wir an unserem Handelstisch längst eine Plattform für Cum-Ex-Transaktionen eingerichtet haben? Unsere Kollegen in London versorgen ihren befreundeten Broker mit Money zum Kauf deutscher Aktien und sorgen mit unseren Derivaten für Kursabsicherung. Da fallen für uns auch ein Paar Cent ab.«

Die Frankfurter Händler duzen sich untereinander, weil sie tagtäglich auf Englisch mit aller Welt kommunizieren, und machen aus Gewohnheit keinen Unterschied bei der Ansprache deutscher Partner. Kellner war gespannt, welche Londoner Broker man ihm präsentieren würde. Am Ende wird es wieder ZICA sein, dachte er. Und so kam es. Das Jahr 2007 zeigte noch Anlaufprobleme, denn die Primus Bank wollte auf keinen Fall als Aktienkäuferin ins Rampenlicht der Öffentlichkeit kommen.

Die Londoner ZICA-Anwälte hatten zu Diskretion geraten:»Bei Cum-Ex-Transaktionen von Banken, die in Deutschland ansässig sind, dürfen ihnen ausschließlich eure Händler in London mit Rat und Großkredit zur Seite stehen.« Die hohen Herren Juristen der Primus Bank antworteten darauf im August 2008 mit einem »Market Flash«, den man an alle Großkunden, vornehmlich in der Versicherungsbranche, aber nicht an alle Privatbanken verstreute. In dem Skript hieß es: »Die Verantwortung für die Überwachung und den Einbehalt von Kapitalertragssteuer aus Leerverkäufen liegt bei der Handelsinstitution, das heißt bei der Stelle, die den Verkauf ausführt, also nicht bei der Depotbank, die das Clearing und das Settlement im Namen des Kunden durchführt. Insofern unterliegen im Ausland durchgeführte Transaktionen nicht der deutschen Gesetzgebung und Besteuerung.«

Auf gut Deutsch übersetzt hieß das nichts anderes als: »Wir von der Primus Bank entpflichten uns eigenhändig vom Depotbankgesetz, das der Bundestag vor zehn Monaten verabschiedet hat und werden nicht wie alle anderen Institute für den deutschen Fiskus tätig werden.«

Vorsicht ist das Kind schlechter Erfahrungen. Junge männliche Aktienhändler – ob in London, an der Wall Street oder am Bund in Shanghai – sie alle quasseln, reden und schreien den ganzen Tag, außer während der sechs Stunden, wo sie allein auf dem Sofa oder zu zweit im Bett mit ihrer neuen Freundin schlafen. Kauf, Verkauf, alles muss in Minutenfrist über die Bühne. »Es ist absolut kontraproduktiv, wenn sich die Händler im Saal auf offener Bühne über die beste Variante von Cum-Ex streiten«, hatte ein mürrischer ZICA-Vorstand schon 2004 erklärt. Deshalb hatte man in Broadgate im selben Jahr »Leerverkauf« zum Unwort erklärt. Im »Product Review« zu den laufenden Cum-Ex-Transaktionen wurde ausdrücklich angeordnet: »Sagen Sie der

Gegenpartei einer deutschen Aktientransaktion nicht, dass wir über den Dividendentermin leerverkauft haben.«

Der alte Bankier hatte Kellner während der ersten Audienz in Hamburg ja bis zum Überdruss gezeigt, dass er mit Cum-Ex nicht belästigt werden wolle. Deshalb hatte Kellner schon im Vorwege den Chef der Bankniederlassung der Weinheim Bank am Berliner Gendarmenmarkt konsultiert. Jens Jensen hatte Kellner eigentlich nicht empfangen mögen – aus berechtigter Vorsicht gegenüber seinem gestrengen Herrn in Hamburg. Aber Kellner hatte Jensen bereits nach fünf Minuten am Telefon in seinen Kokon herrlicher, sehr plausibler Geschäftsideen einhüllen können: »Alle Cum-Ex-Deals müssen über Ihren Tisch laufen. Ich besitze die Erfahrung im Steuerrecht. Steuervermeidung, das ist mein Leben. Darauf können Sie bauen.«

Aus Gründen der Diplomatie fuhr Kellner tags darauf nach Berlin, besuchte den Niederlassungsleiter am Gendarmenmarkt und lud ihn zum Dinner im Hotel de Venise. Kellner spulte seine Standardsprüche ab, während Jensen schwieg und das perfekte Wiener Schnitzel genoss.

Seit diesem Abend lief Cum-Ex wie geschmiert. Jensens Jahresbonus, der wie durch Zauberhand ständig und kräftig wuchs, hatte ihm und seiner Frau die Chance geboten, ein Backsteinhaus aus den 1920ern nahe der katholischen Kirche in Dahlem – wovon beide immer geträumt hatten – zu erwerben. Die Berliner

Handwerker hatten zu aller Erstaunen bei der Renovierung schnell gearbeitet und die Kinder der Jensens besuchten nunmehr eine Oberschule, in der Wissensfächer und nicht erst die deutsche Sprache erlernt werden mussten.

Den Beitrag der Cum-Ex-Geschäfte zum Jahresergebnis 2007 seines Hauses nannte der Bankier »ganz gut«, den von 2008 »erfreulich«, den von 2009 »erstaunlich« und 2010 hieß es dann: »Nun sollten wir mal aufpassen.« Denn im Mai 2009 hatte das Bundesfinanzministerium einen Gesetzentwurf zur Dämpfung des überbordenden Cum-Ex-Hypes mittels Bankenverband und Großbanken in Umlauf gebracht. Das war der Wink mit dem Zaunpfahl und sollte schlicht besagen: »Leute, wir hier in der Wilhelmstraße wissen ja, dass ihr genau wie Lehman Brothers um Leib und Leben kämpft. Cum-Ex ist eine Subvention, mit der ihr den Bund still und leise melken dürft, um liquide zu bleiben. Aber treibt es nicht zu arg und zu laut mit Cum-Ex. Denn unsere Hilfe für euer Überleben ist weder vom Bundestag noch vom EU-Parlament abgesegnet.«

Die jüngeren Ministerialbeamten ärgerte die Profit-um-jeden-Preis-Unkultur der Primus-Banker. Im vertraulichen Austausch mit den Damen und Herren von der Bonner Aufsicht oder bei den regelmäßigen Kaffeerunden in der Bundesbank in der Frankfurter Wilhelm-Epstein-Straße wurde immer wieder über die Lieferketten der Aktien bei Cum-Ex diskutiert. Irgendwo und irgendwie waren die Primus Bank und

Kellner bei diesen Geschäftsabläufen – etwa aufgrund eines Kredits oder einer Handreichung wie zum Beispiel der Kursabsicherung der Aktien durch hauseigene Derivate – stets mit von der Partie gewesen. Alle hatten gelacht, als Bundesbanker Sigi Schlüter am 23. Januar 2009 von einem 646-Millionen-Euro-Kredit der Primus Bank an die kleine Instinct Investment in Hongkong berichtet hatte. »Wer in aller Welt ist denn Instinct? Darf's nicht etwas bescheidener sein? Kann mir das einer von Ihnen bitte verraten?«, hatte Sigi gefragt, ohne eine Antwort zu erwarten. »Vielleicht hat Kellner die Firma schon wieder aufgelöst oder gegen die Wand fahren lassen?«

So weit war Jens Jensen im grauen klassizistischen Berliner Bankpalais allerdings längst nicht. Blauäugig baute er weiterhin auf Kellner und dessen schnieken Kollegen, die ihm vorenthielten, dass der Londoner Broker ihm 2009 einen Aktienleerverkauf von 4,1 Milliarden Euro und 2010 sogar Aktienleerverkäufe im Wert von gut fünfeinhalb Milliarden Euro aufgetischt hatte. »Alles in bester Ordnung«, hatte Jensen den eigenen Buchprüfern gesagt. Ehrlicherweise war er aber außerstande zu überprüfen, ob der Broker in London ihm am Tag der Dividendenausschüttung echte Aktien oder nur Leergut geliefert hatte. Die deutsche Depotbank des Brokers überwies ihm nämlich in den Tagen nach dem Ausschüttungstermin nicht nur die erwünschte Zahl an Aktien, sondern sandte zusätzlich eine Zahlung, die der offiziellen Dividende entsprach, die wiederum um Kapitalertragssteuer und Soli gemindert war. Die allseits bekannte »Dividendenkompensationszahlung«. Gutgläubig durfte Jensen folglich annehmen, dass die in Deutschland ansässige Depotbank der Briten gesetzestreu gehandelt hatte. Jensen war sich der Sache umso sicherer, als die Frankfurter Primus Bank Depotbankfunktion innehatte. Dort hatte er seine Karriere begonnen.

Kapitel 6

Von Mächten über dem Gesetz und ergebenen Hunden

Der Ex-Freund von Ewa Zeligmann hatte ihr zum 32. Geburtstag *The End of History* zugesandt. In Berlin-Neukölln, wo Freddy lebte, war Francis Fukuyamas zuerst 1992 erschienenes Buch lange Zeit der Aufreger schlechthin gewesen. Nach Auffassung Freddys und aller seiner fortschrittlichen Uni- und Kneipen-bekanntschaften war Fukuyama das Sprachrohr des US-Imperialismus: Ein Neocon reinsten Wassers. Am Tag, als sie nach Wiesbaden gezogen war, hatte sich Ewa von Freddy getrennt.

»Dein Kattenberger ist auch so ein verdammter Neocon, und du willst ihm sogar dabei helfen«, lautete Freddys Vorwurf.

Ewa war empört: »Du wirfst mir vor, käuflich zu sein. Irrtum. Ich will sehen, wie Politik und Gesellschaft ganz praktisch funktionieren.« Freddy hatte ihr einen Vogel gezeigt und sie hatte ihm einen langen Abschiedskuss geben wollen, doch im selben Moment stand der Taxifahrer vor der Tür.

Ewas Zimmer lag dem des Ministers gegenüber. Dazwischen das sogenannte »Vorzimmer des Ministers«. Dort herrschte eine selbstbewusste Dame, die mit dem Spruch aufwartete: »Unter meiner Fuchtel haben vier Minister überlebt. Kattenberger wird der fünfte sein.« Sie und Ewa waren sich vom ersten Tag an sympathisch und bildeten ein Frauengespann, was den Herren Ministerialräten gar nicht gefiel.

»Ist das nicht total irre: 2009 hat das Bundeszentralamt für Steuern 87 000 Sammelanträge von Banken und Sparkassen auf Rückerstattung der Kapitalertragssteuer abarbeiten müssen«, hatte Ewa gerade durch die offene Tür gerufen. »Dahinter stecken 23 Millionen Einzelanträge. Mehr als zwei Milliarden Euro wurden im automatisierten Verfahren rückerstattet.«

»Das ist alles irre, junge Frau«, kam es aus dem Vorzimmer zurück. »Nächstes Jahr sag ich meiner Volksbank: Ich, Tante Meier, besitze eine Million VW-Aktien. Dann schickt die meinen Einzelantrag zur automatisierten Steuerrückerstattung raus. Keiner prüft die Chose und ich bin schlagartig steinreich.« Beide Frauen lachten.

»Was gibt's zu lachen?«, fragte Kattenberger, der heißes Wasser für seine Teebeutel suchte.

»Wir lachen nur über die Erstattung nie gezahlter Steuern bei Cum-Ex«, erklärte die Zeligmann. »Weshalb nimmt unsere Steuerfahndung das nicht unter die Lupe?«

Kattenberger goss Wasser über die beiden Teebeutel in seinem scheußlichen Becher. Der war ihm bei einem

Volksbank-Event in Oberhessen als Geschenk über-reicht worden. »Haben Sie noch eine weitere tickende Zeitbombe parat, meine Damen?«, erkundigte er sich und wollte wieder in sein Zimmer verschwinden.

»Halt, halt«, sagte die Zeligmann. »Darf ich mich jetzt mal um die Frankfurter Steuerfahndung kümmern? Die können doch nicht über Jahre hinweg die Hände in den Schoß legen und sagen: ›Wir setzen keinen Fuß mehr in eine hiesige Großbank‹?«

»Wenn Sie sich dabei unbedingt die Finger verbren-nen wollen«, gab der Finanzminister zurück, »werd ich Sie nicht daran hindern. Aber beschweren Sie sich spä-ter nicht bei mir. Ich habe Sie gewarnt. In Berlin weiß jeder Sozi-Genosse und jeder meiner eigenen verehrten Parteifreunde seit Jahren, welch Schindluder mit dem Steuergesetz von 2007 getrieben wird.«

»Darf ich mich wenigstens mit den verbliebenen Fahndern mal verabreden und unterhalten?«

»Tun Sie das. Vielleicht kann eine junge Frau wie Sie die Fahnder und Fahnderinnen in der Gutleutstraße umstimmen. Das wär 'ne Sensation.« Er verschwand in seinem Büro.

Vor der Kabinettssitzung sprachen Kattenberger und Vaupel die aktuellen Themen an.

»Dieses Cum-Ex werden wir nicht länger schleifen lassen können. Da brennt's lichterloh. Darüber kann unsereins stürzen«, betonte Kattenberger.

Der Ministerpräsident beruhigte ihn: »Du bist immer so finster. So apokalyptisch. Ich bin Mittwoch wieder in

Berlin und dabei kurz auch im Finanzministerium. Ich werde den Joachim darauf ansprechen. Aber wem sag ich das? Cum-Ex ist die Subvention für all unsere maroden Landesbanken. Seine Milchkuh will kein Politiker schlachten.«

»Profitieren tun aber auch andere: hier ein Magnat, da die Primus Bank«, ergänzte der Finanzminister. »Meine kleine Freche hat sich jetzt dahintergeklemmt, damit wir mit heiler Haut davonkommen, ehe die Bombe platzt.«

»Dein Wort in Gottes Ohr«, verabschiedete ihn Vaupel.

Für Montag, zehn Uhr, die Woche drauf hatte Regierungsoberrätin Zeligmann Männlein und Weiblein der Steuerfahndung Frankfurt ins Wiesbadener Ministerium gebeten. Die fanden sich nur nach und nach dort ein, schimpften über den Dauerregen und erkundigten sich nach Getränkeautomaten.

»Was sollen wir hier?«, hatte sogleich eine rothaarige Frau, die sich als Gewerkschafterin ausgab, patzig vorgebracht.

Die Referentin des Ministers, die sich kurz zuvor noch einmal die Lippen bemalt und dunkles Puder aufgetupft hatte, setzte ihre freundlichste Miene auf und antwortete: »Vieles ist zwischen uns falsch gelaufen. Ich war bislang nicht dabei. Aber unser Minister möchte Sie alle wieder im Boot haben.« Der gelblich getünchte Saal stank nach dem gesammelten Zigarettenqualm des vergangenen Jahrhunderts.

Ein anderer Fahnder meldete sich zu Wort: »Immer wenn wir die Primus Bank, die anderen oder einen fetten Privatfisch an der Angel hatten, wurden wir von euch hier, vom Finanzministerium, ausgebremst. Unser Kollege Thorsten Tiefental hatte über zwanzig Jahre lang die Primus Bank geprüft und plötzlich durfte er von einem Tag auf den anderen die Bude nicht mehr betreten. Der Tiefental hatte einige Auslandsaktivitäten der Primus Bank gecheckt und festgestellt, dass sie alle zu Lasten des deutschen Fiskus gingen. Hätte er weiter recherchiert, wäre das alles der Primus Bank fürchterlich teuer zu stehen gekommen. Fast 'ne Milliarde hätte es die gekostet.«

»Wenn ich mich nicht irre, kam doch die Verfügung gegen die Steuerfahndung Frankfurt nicht von uns, sondern vom Vorsteher des Finanzamts Frankfurt«, unterbrach die Zeligmann.

Der Unmut der Steuerfahnder war förmlich mit Händen zu greifen. »Die Kleinen hängt man, die Großen lasst ihr laufen«, rief ein Kleinwüchsiger aus dem Hintergrund. »Diese Kanaille hat das damals doch nicht ohne Rücksprache mit euch hier im Finanzministerium verfügt.«

Die Gewerkschafterin, die bislang einen sehr gefassten Eindruck gemacht hatte, wurde regelrecht zornig: »Ihr tanzt hier in Wiesbaden doch nur nach der Pfeife der Primus Bank. Die und die anderen vom Westend inszenieren maximalen Steuerbetrug und ihr ermuntert sie noch dazu.«

Einer ihrer Kollegen, der Schlips trug, haute auf den Tisch: »Ihr habt nie irgendetwas gegen Schwarzgeldüberweisungen in die Steueroasen unternommen. Ihr habt die Sauerei sogar gebilligt: Untersuchen dürfen wir nur noch Auslandsüberweisungen von mehr als einer halben Million Euro. Danach haben sich die Schweine in der ›Anlage‹ auf die Schenkel geklopft. Alle Überweisungen aus Deutschland nach Jersey oder auf die Cayman Islands lauten seither ausschließlich auf 499 000 Euro. Ihr habt so getan, als ob ihr Schlupflöcher stopft. Das Gegenteil habt ihr bewirkt.«

»Ihr wagt euch hier viel zu weit vor. Ich warne euch«, rief eine Blondine aus der ersten Stuhlreihe, die sich erhoben hatte, ihren Leuten zu. »Da schneidet irgendwer mit, und jeder von uns, der sich hier zu Wort meldet, wird übermorgen in unserer Behörde strafversetzt. Dann werden wir wieder zum Psychiater bestellt und in dessen Gutachten steht, dass ihr alle paranoid-querulatorisch seid. ›Alle Fahnder haben Anpassungsstörungen.‹ In meinem Schlechtgutachten steht, ich sei teildienstunfähig. Mein Mann aber sagt: ›Du bist nicht plemplem!‹«

»Und dann kommt die Versetzung ins Archipel Gulag – in den Abstellraum«, fuhr die neben ihr sitzende Vierzigjährige fort. Jemand ergänzte laut: »Nicht Gulag, sondern Strafbataillon.«

Schon an ihrem ersten Arbeitstag im Ministerium war die Referentin des Finanzministers mit dem Ausdruck »Archipel Gulag« konfrontiert worden. Das war der bösartige interministerielle Kosename für die »Servicestelle Recht«.

Auf die Zeligmann prasselte ein Gewitterhagel aus Unmut und Frustration hernieder. Unwillkürlich fragte sie sich, ob sie sich nicht zu weit vorgewagt hätte. Sie konnte nur noch moderieren: »Natürlich will der Minister, dass es der Fahndung wieder gut geht, denn die Steuervermeidung wird immer krimineller und bis ins Letzte durchgetaktet. Das wissen Sie hier alle weit besser als ich.«

»Richtig«, sagte ein Beamter, der mit dem Notebook auf den Knien alles mitgeschrieben hatte. »Bei uns herrscht das Drei-Affen-Prinzip: Nichts hören, nichts sehen, nichts tun. Was in Hamburg und Düsseldorf passiert, scheint ein Klacks zu sein, verglichen mit dem Cum-Ex-Wahnsinn, der bei uns im Westend betrieben wird. Wir als Fahnder dürfen nicht dazwischengehen. Deutschland macht sich schlicht lächerlich.«

In diesem Moment machte sich die Zeligmann bei den höheren Ministerialen ein für alle Mal unbeliebt: Sie vertröstete die Mitarbeiter der Steuerfahndung nicht – wie gewohnt – auf den Sankt-Nimmerleins-Tag: »Wer von Ihnen, wer von den hier Anwesenden, ist bereit, sich mit der Massenabzocke namens Cum-Ex zu beschäftigen, sich juristisch fit zu machen und ein Gegengift zu entwickeln? Das ist alles nur freiwillig. Wir nennen diese Gruppe ›Cum-Ex-Antidot‹. Und wer da mitmacht, kann jederzeit wieder aussteigen. Er oder sie sollte dann aber die Klappe halten, damit die Primus-Banker uns nicht wieder kastrieren können.«

Schlau, wie sie war, sicherte sich die Referentin ab. »Ich stelle mir das so vor, dass Sie untereinander eine Gruppe Freiwilliger bilden. Sobald ihr das Cum-Ex-Gegengift entwickelt habt, gebt ihr mir Bescheid, schüttelt bei mir im Büro das Giftröhrchen und zeigt es dann unserem Minister. Denn solange eine solche Initiative unter der Decke bleibt, gerät sie nicht zum Hausgeflüster im Ministerium, und die Primus Bank bleibt ahnungslos.«

Zeligmann ahnte zu diesem Zeitpunkt noch nicht, wie viele Lauscher Primus Bank und Konsorten im Wiesbadener Finanzministerium installiert hatten.

Am Nachmittag konnte sie ihrem Meister einen kleinen Erfolg verkünden. »Zuerst waren sie alle stinkig wie eh und je, aber am Ende haben sich einige bei mir mit Handschlag verabschiedet.«

Weil Kattenberger seine Verpflichtungen im Kreisverband persönlich ernst nahm, brauchte ›sein Mädchen‹ ihm nicht sofort von ihrer Cum-Ex-Initiative zu berichten. Unter Medienvertretern galt er als Spießer par excellence, was ihn nicht weiter störte. Einer Bäuerin verlieh er in einer der noch übrig gebliebenen Dorfkneipen ob ihrer dreißigjährigen treuen Parteimitgliedschaft die Anstecknadel ›Schönes Hessenland‹. Er nahm sie in die Arme. Es folgte eine Runde Bier. Dem Ortsvorsitzenden, dessen heranwachsender Sohn ständig nervte, weil er allerorts gegen die Partei pöbelte, schenkte der Minister eine leinengebundene Ludwig-Erhard-Biografie.

Kattenberger nutzte solche Anlässe, seine Wähler in den Dörfern und Städten ringsum mit seinen ureigenen politischen Absichten vertraut zu machen. Wie die meisten Deutschen assoziierte er mit Inflation gesellschaftspolitisches Chaos schlechthin. Als Achtjähriger hatte er einem Tischgespräch seiner Eltern gelauscht. So ernst wie nie hatten sie über die Ausgabenpolitik unter Bundeskanzler Willy Brandt gesprochen. Seine Eltern befürchteten damals, dies sei der erste Schritt zur Inflation. Weshalb ihm persönliche Sparsamkeit ebenso wie ein ausgeglichener Landeshaushalt Herzensangelegenheit waren: »Als ihr in der Volksabstimmung im Sommer 2011 zu 70 Prozent für die Schuldenbremse votiert habt, da war mein Ziel, dass unser schönes Hessenland spätestens ab 2019 keine Schulden mehr machen muss.«

Weil Kattenbergers Referentin allen hohen Beamten des Ministeriums ein Dorn im Auge war, hatte man den Minister längst im Flüsterton mit deren Initiative konfrontiert. Und so griff er während einer gemeinsamen nächtlichen Rückfahrt gen Wiesbaden den Faden auf: »Das mit den Fahndern, werte junge Frau Doktor, ist gewagt. Aber ich sage Ihnen ehrlich, Sie haben mir einen Stein von der Seele genommen.«

Auf der Autobahn A 5 waren sich beide noch vor Frankfurt einig, dass die Fahnder-Initiative Cum-Ex mitsamt der Aktienlieferkette ungestört untersuchen sollte. Am liebsten hätte die Referentin einen Termin vorgegeben. Aber das Ministerium und die Fahnder waren darauf angewiesen, dass die Primus Bank den

Ablauf der opulenten Cum-Ex-Geschäfte ihres verstorbenen Berliner Kunden Leopold Schneider aktenmäßig vollständig lieferte.

Das dauerte vom Frühjahr 2013 bis März 2014 – fast zwölf Monate. Die Steuer- und Rechtsabteilung der Primus Bank bediente sich Peter Pauligs von der Kanzlei Notex. Der selbsternannte Papst des deutschen Steuerrechts schrieb in seinem Gutachten: »Der für Ihre Fragen verantwortliche Verwahrungsvertrag wurde zwischen dem Londoner Broker und der Primus Bank in Frankfurt abgeschlossen. Die Primus Bank ist danach Dienstleister für Wertpapieraufträge und somit die Depotbank dieses ausländischen Brokers.« Was zwar dem Jahressteuergesetz von 2007 voll entsprach, aber eine schallende Ohrfeige für die Juristen der Primus Bank war. Sie waren empört: »Auf den ist kein Verlass. Notex kriegt keine Aufträge mehr.«

Deshalb rafften sich die Primus-Bank-Juristen auf und produzierten höchstselbst ein spitzfindiges Schreiben an das Ministerium. »Eine rein passive Abwicklung von Depotüberträgen im Rahmen eines Zahlungs- und Lieferungsgeschäfts zur Belieferung von ausschließlich durch den Kunden abgeschlossenen Veräußerungsgeschäften ist dagegen keine ›Ausführung‹ eines Verkaufsauftrags im Sinne des Gesetzes.«

Als die Referentin ihrem Meister das Schreiben im Büro vorlegte, sagte er lediglich: »Lassen Sie's. Der Ministerpräsident ist längst informiert.« Er strich mit der Rechten über die Schreibtischplatte. Ihm stand kalter Schweiß auf der Stirn. Kattenberger schwieg, aber er gab ihr ein Zeichen, sich zu setzen. Er nahm ein Medikament zu sich. Die Stille dauerte eine Ewigkeit. Drohte ihm erneut ein epileptischer Anfall? Dann neigte sich der Minister vor und hielt beide Hände vor die Augen. »Es gibt Mächte in unserem Land, die trifft keine Regel. Die sind über dem Gesetz«, sagte er.

Sie hatte Ähnliches geahnt: »Was soll ich unseren Leuten sagen? Wie stehen Sie und ich jetzt vor denen da? Dürfen die Primus-Banker sich wirklich jeden Rechtsbruch, jeden Raubzug leisten? Soll ich dem Team sagen: ›Steuerfahndung ist ab heute in Hessen endgültig abgeschafft. Geht alle nach Hause‹?«

Der Minister stand auf und begab sich in den winzigen Ruheraum nebenan, um sich ein Glas mit Wasser zu füllen. »Ich gebe Ihnen bis kommenden Montag frei. Wandern Sie im Odenwald, machen Sie sich schöne Tage. Ich muss zurück nach Haus und mit dem Hund gehen. Vielleicht wissen Sie und ich dann, wie es weitergehen soll.« Er rief seinen Fahrer, sein Sekretariat, den Personenschutz. Zeligmann fiel die unangenehme Aufgabe zu, sämtliche Ministertermine abzusagen.

Als sie aus dem Ministerbüro auf den Flur trat, begegnete ihr der Ministerialdirektor mit dem braungebrannten polierten Schädel. Er lächelte süffisant und sagte: »Es ist immer gut, einen Hund zu haben, der einem ergeben ist.«

Sie war inzwischen lang genug im Ministerium tätig, um zu wissen, welche Frechheiten sich Spitzenbeamte erlauben können. »Einen Ratschlag soll ich Ihnen noch vom Minister mitteilen«, gab sie zurück. »Polieren Sie Ihre Glatze bitte täglich.«

Er ging weiter, ohne sich umzuschauen, und zischte halblaut: »Isch hab's akustisch net verstande.«

In der efeuumwachsenen Villa der älteren Dame, wo Ewa sich vor einem halben Jahr eingemietet hatte, ging ihr eine Weile die dreiste Bemerkung vom ergebenen Hund durch den Kopf. Wieso hatte eigentlich Goethe eine solche Aversion gegen Hunde gehabt? Der Teufel – so Goethe – verwandelt sich meist in einen Hund. Etwa in einen Weimaraner? Sie lachte und dachte an Kurt Tucholsky, der so klug über kurzbeinige, rundäugige Hunde geschrieben hatte. Am besten gefiel ihr sein Gedicht »Der kleine Hund an der Ecke«. Sie konnte die dritte Strophe auswendig:

> Und hörst du abends, wenn Madame zur Ruh geht,
> von ihren Herrn, wie es im Leben zugeht –:
> wie man dem Regisseur ein Ding gedreht.
> Du hörst von düstern Polizeimysterien,
> von allem Klatsch aus allen Ministerien,
> und wer zu Haniel konferieren geht.
> Da staunste, Kleener? Siehste, so flutscht det …!
> Und du liegst ganz bescheiden unterm Bett.

Sie nahm sich vor, im Ministerium bescheiden zu sein, quasi unterm Bett abzuwarten, wie sich Kattenberger entscheiden würde. Der war Montag früh bester

Stimmung. Seine Frau und der Ministerpräsident hätten ihm dieser Tage immer wieder gesagt: »Mit den Ganoven von der Primus Bank musst du dich nicht anlegen und womöglich dich und das ganze Kabinett in Gefahr bringen.« Die wiederum hatten sich während Kattenbergers Abwesenheit bei »Glatzkopf« gemeldet und en passant angedeutet, man könne vielleicht über das leidige Zinssicherungsderivat doch noch einmal sprechen.

So recht mochte es der Minister nicht glauben, zumal er »Glatze« verdächtigte, Informant der Primus-Banker zu sein. Seit dem jüngsten Eklat hatte sich Kattenberger geschworen, mit keinem von ihnen mehr zu reden. Doch die Annullierung des Vertrags würde Hessen dreistellige Millionenkosten ersparen. Der hessische Landeshaushalt wäre bereits 2018 derart konsolidiert, dass keine neuen Schulden aufgenommen werden müssten.

Seine Referentin beauftragte er zu erkunden, was die Primus Bank veranlasste, einen Kompromiss beim Derivatvertrag zu suchen. Bei den Steuerfahndern, die freiwillig über Wochen hinweg die Cum-Ex-Geschäfte eines Berliner Milliardärs und die Lieferkette seiner Aktien von Anfang bis Ende analysiert hatten, stieß sie nur auf Unwillen. »Die Kleinen hängt man und die Großen lässt man laufen«, wurde nun endgültig zum geflügelten Wort in den Finanzämtern landauf, landab. Den Finanzminister hätte ein ohrenbetäubendes Pfeifkonzert erwartet, wenn er vor seinen Leuten erschienen wäre. Kattenberger war unten durch.

Der Einzige, den die Zeligmann bewegen konnte, vernünftig mit ihr zu reden, war ein älterer Fahnder. Sie setzte sich mit ihm in ein sonniges Café am Mainufer. Guido Cassens betrauerte dort regelrecht den Absturz der Großbank: »1989, das war die Zeitenwende in der achtbaren Geschichte der Primus Bank. Sie hat Deutschland mit ihrem Kapital einst zum Zentrum europäischer Industrie und Forschung gemacht. Nun sind Gangster in Frankfurt am Ruder. Nach 150 Jahren sind Anstand und Ethik futsch.«

Für einen so erfahrenen Fahnder wie Cassens stand außer Frage, dass Primus-Banker aus purer Raffgier das Steuergesetz von 2007 unterlaufen und die Kapitalertragssteuer nicht abgeführt hatten: »Es dreht sich ständig und in jeder Hinsicht um den persönlichen Bonus. Das Gesetz oder gar ihre eigenen Aktionäre sind denen vollkommen wurscht. Den Jahresgewinn teilt das Management untereinander auf. Und der Aktionär? Der schaut in die Röhre. Seit Jahren.«

»Ich freue mich echt über Ihre Offenheit«, sagte sie und wünschte sich im gleichen Augenblick ganz weit fort von den Politintrigen und wichtigtuerischen Bankern. Sie überlegte für Sekunden: Vielleicht lässt sich selbst auf dem Main segeln lernen. Mit einem liebevollen Mann im Mittelmeer oder vor der Ostküste der USA segeln. Das war seit Jahren ihr Traum. – Sie konzentrierte sich wieder.

Cassens rieb sich die Augen. »Mit Cum-Ex unterm Hintern wird's denen zu heiß. Was die Primus-Banker

unbedingt brauchen, ist ein Erlass unseres Finanzministers. Darin muss die Depotbank ausländischer
Verkäufer deutscher Aktien expressis verbis davon frei-
gestellt werden, Kapitalertragssteuer an den deutschen
Fiskus abzuführen.«

Der alte Mann musterte sie für Sekunden. »Denn das
hat sie ja zu eigenem Nutzen jahrelang versäumt. Falls
sie diesen Batzen von heute auf morgen ans Finanzamt
zahlen muss, ist die Primus Bank pleite. Das wird in
Presse und Politik nie erwähnt. Allein die aktuellen
Strafzahlungen an den New Yorker Fiskus – das sind
zig Milliarden Dollar – könnten für die Primus Bank
das Aus bedeuten.«

»Aber was hätte Kattenberger davon? Ein derartiger
Erlass, das wäre politischer Selbstmord. Der Erlass eines
Landesministers hebelt kein Bundesgesetz aus.« Die
junge Frau tippte sich an die Stirn. »Sie wissen, Herr
Cassens, ich schätze unseren Minister sehr. Ich kann
ihm nur abraten.«

»Junge Frau«, antwortete er, »Sie kennen die Abgründe
der Politik noch nicht. Die Primus-Banker werden dem
Ministerpräsidenten wieder mit dem Umzug nach
London drohen. Irgendein Scheich wird danach im
Bundeswirtschaftsministerium auftauchen und um ein
Gespräch bitten. Dann spätestens wird die Rechtsabtei-
lung des Ministeriums Kattenberger ins Ohr flüstern:
›In solchen Einzelfällen ist die Veröffentlichung eines
Erlasses generell nicht vorgesehen. Ihr Erlass wird also
Ihr Geheimnis bleiben.‹«

Ewa Zeligmann setzte sich ihre neu erstandene große Sonnenbrille auf, die ihre obere Gesichtshälfte fast vollständig verbarg. Sie war entsetzt.

»Junge Frau«, fuhr Cassens fort, »wie ich erfahren habe, sind die Primus-Banker längst in der Staatskanzlei gewesen. Die wird Kattenberger sicherlich heute oder morgen mitteilen, ob den Primus-Bankern per Erlass Milliarden geschenkt werden. Ich vermute ja.«

»Diese Dreckskerle«, stöhnte sie. Ein munterer Italiener stellte zwei bunte Eisbecher vor ihnen auf den Tisch: »So ein herrlicher Tag. Genießen Sie. Prego.«

»Sie sollten Machiavelli lesen, schöne Frau.« Cassens aß vorsichtig einen Löffel Stracciatella. »»Du musst die Bösartigkeit des Geschwürs wohl untersuchen, und hast du Kraft genug, es zu heilen, tue es rasch und rücksichtslos, wo nicht, lass es stehen und reize es auf keine Art«, schreibt er. Machiavelli hat recht: Unser Herr Minister, der Kattenberger, hat keine andere Wahl. Er hat nicht die Kraft, das Geschwür zu heilen.«

Die beiden trennten sich ohne neue Verabredung. Ewa Zeligmann quälte sich danach durch den Feierabendstau gen Wiesbaden zurück. Sie mochte nicht ins Ministerium und traf ihre Vermieterin im Garten.

»Je mehr verblühte Rosen Sie wegschneiden, mein Fräulein, desto reichlicher sprießen junge Knospen nach.« Die alte Dame holte sich die Gießkanne. »Läuft's im Ministerium nicht so gut? Sie wirken in letzter Zeit so bedrückt.«

Ewa nickte und sagte: »Es gibt zu viel Schmutz.«

»Lassen Sie uns bei mir morgens zusammen frühstücken«, schlug die Weißhaarige vor, während sie ihre Gießkanne schwenkte. »Dann kommen wir gleich auf bessere Gedanken.«

Ewa nahm ihren Vorschlag an. Die zwei verstanden sich. Seither entwickelte sich eine Art Mutter-Tochter-Verhältnis zwischen den beiden Frauen: Die Jüngere holte die Ältere ins Hier und Jetzt zurück, während ihr die Ältere von sieben Jahrzehnten Lebenserfahrung berichtete und Heiterkeit vermittelte.

Das hatte Ewa Zeligmann auch dringend nötig. Noch Ende Juli unterzeichnete Kattenberger den erwünschten Erlass mit einem Füller, den er sofort danach in den Papierkorb warf. Er besiegelte damit die Rechtsauffassung der Primus-Bank-Juristen und schloss deren Haftung bei jeder Art von Cum-Ex-Geschäften praktisch aus. Während Professor h. c. Dr. Dr. von Köz, Rechtsvorstand der Primus Bank, die Mitarbeiter zu einem zwanglosen Umtrunk bat, machten die Steuerfahnder einen Rundruf bei all ihren Kollegen in den Ämtern von Kiel bis München. Kattenberger hieß in Zukunft nur noch »die Pflaume vom Dienst«. Zu hören war aus allen Ämtern Wut und Empörung. Der deutsche Steuerzahler hatte das Nachsehen.

Natürlich statteten die Steuerfahnder den Großbanken vor Ort nach wie vor pflichtgemäß ihre Besuche ab. Aber die meiste Zeit unterhielten sie sich bei Kaffee und Kuchen in den schönen Kantinen über die Bundesliga, die FIFA, Frauen und Kinder. Ihr stiller Streik fand in

Fachkreisen viel Sympathie. Die Wirtschaftszeitungen berichteten allerdings nichts zum Thema, die Redakteure der Rundfunkanstalten waren so ahnungslos wie die Opposition im Landtag. Auf Anfragen hinsichtlich der Cum-Ex-Kreisgeschäfte antwortete der Pressesprecher der Primus Bank regelmäßig mit weithin hallender Stentorstimme: »Wir haben damit ganz und gar nichts zu tun. Fragen Sie zu Cum-Ex lieber mal bei den Landesbanken oder den Hamburger Privatbanken nach.«

Kapitel 7
Die Landesbank

Schwer stand die Hitze über der Stadt. Berlin-Mitte war ein Backofen. Schon die Wettervorhersage im Frühstücksfernsehen hatte einen der heißesten Tage des Sommers angekündigt.

Entsprechend schwitzten und keuchten die Caterer und ihre Hilfskräfte, die den Garten der »Botschaft des Westens« in einer Partymeile verwandeln sollten. Denn wie jedes Jahr lud die Landesvertretung von Nordrhein-Westfalen zum traditionellen Sommerfest. Ein Ereignis, das nicht nur die bekannten Berliner »Freibiergesichter« aus den anderen Landesvertretungen, Bundesministerien und auch Redaktionen anzog. Wer im späten Frühjahr ein »Save the date« in seinem Postfach fand, gehörte zu den »Auserwählten«, die der Herr des Hauses, der Staatssekretär für Bundesangelegenheiten, zu bewirten wert befand. Die Einladungen waren aber auch zu Hause in Düsseldorf sehr begehrt. Gab so ein Fest doch nicht nur eine gute Begründung für eine Berlin-Reise, es war auch immer wieder eine gute Gelegenheit zum »Networking«, dem Pflegen von Kontakten, sowie auch eine

Informationsbörse. Und die konnte für die eigene Arbeit oder die Karriere durchaus recht nützlich sein.

Peter Baumann hatte es geschafft: Rechtzeitig saß er im Taxi, das ihn aus der Innenstadt zum Flughafen bringen sollte.

Er fühlte sich wie ein Schüler, der die letzten Unterrichtsstunden schwänzte und wusste, dass es für ihn keine Konsequenzen haben würde.

»Na, dann viel Spaß in der Hauptstadt«, hatte ihn seine Assistentin bei Verlassen seines Büros grinsend verabschiedet.

»Sie wissen doch, ich gehe einen schweren Gang«, hatte er gleichfalls grinsend zurückgegeben, »jede Menge Überstunden, die heute auf mich warten. Ich habe mir auch für morgen noch ein paar Termine in der Stadt gemacht und fliege mit der letzten Maschine zurück. Wir sehen uns also übermorgen!«

»Habe ich schon gesehen. Dann ersparen Sie sich den Anblick der anderen Opfer des Sommerfestes, die mit dunklen Augenrändern schon die Mittagsmaschine nehmen!«

»Richtig! Vollkommen falsch verstandene Pflichterfüllung!«

Und damit war er aus der Tür gewesen.

Baumann war überpünktlich. Sogar für einen Cappuccino und einen kleinen Snack in der Lufthansa-Lounge war noch Zeit. Dazu ein kurzer Blick in die *FAZ*. Das ist doch endlich einmal eine entspannte Reise, freute er sich.

Flüge zu Terminen in die Hauptstadt hatte er mehrfach im Monat. Aber meistens reiste er nur »day in, day
out« – das reine Gehetze. Baumann, Mitte vierzig, wäre
mittlerweile ein prominenter Sozialdemokrat, hätten
die letzten Landtagswahlen ihn nicht, wie er selbst so
schön sagte, »aus der Kurve getragen«. Dabei war seine
Parteikarriere bis dahin mehr als mustergültig verlaufen.
Klaglos hatte er mitgemacht, was man in seiner Partei
die »Ochsentour« nennt: hatte schon vor dem Abitur den
Aufnahmeantrag unterschrieben, Plakate geklebt und auf
den Wochenmärkten Standdienst geschoben. Anders als
andere seiner Altersgenossen hatte er das Establishment
seines Ortsvereins nicht mehr als nötig mit Juso-Sprüchen
genervt. Dafür war er dann – schneller als manch anderer Genosse – über die Kommunal- in die Landespolitik
aufgestiegen und hatte ein Landtagsmandat errungen. In
der Fraktion hatte er sich schnell unentbehrlich gemacht:
die Fraktionsführung und der Ministerpräsident konnten sich auf ihn und seinen Einfluss in der Fraktion verlassen. Zwei Legislaturperioden lang ging das so.

Dann war er nach eigenem Gefühl einfach »dran«
und die Parteigranden bestätigten das auch: Nach
einem erneuten Wahlsieg der SPD stünde er »auf der
Liste« für den Sprung auf die Regierungsbank. Entweder als Staatssekretär in einem der größeren Ministerien oder vielleicht gar als Minister »für Gedöns«, wie
Gerhard Schröder das mal genannt hatte.

Doch dann kam alles ganz anders. Zwar konnte
Peter Baumann seinen Wahlkreis, wenn auch knapp,

verteidigen und in den Düsseldorfer Landtag zurückkehren, doch seinen Traum von einer Ministerkarriere
musste er erst einmal begraben. Den lebten nun andere,
die die letzten zwei Legislaturperioden neben ihm im
Plenum die harten Sitze der Opposition gewärmt hatten. Der Gedanke an die verpassten Chancen schmerzte
ihn noch immer. Doch je länger der Wahltag zurücklag,
desto besser konnte er damit umgehen.

Außerdem gab es heute keinen Grund für Trübsal,
führte er sich vor Augen. Auf den Flug nach Berlin zum
Sommerfest hatte er sich gefreut, seit er die Einladung in
seiner Abgeordnetenpost gefunden hatte. Und so ein Fest
war ja auch immer eine gute Gelegenheit, neue Leute zu
treffen oder alter Bekanntschaften aufzufrischen.

Bestimmt würden ihm heute Abend auch Parteifreunde aus dem Willy-Brandt-Haus oder der Bundes-
tagsfraktion über den Weg laufen.

»Unsere Maschine ist nun bereit zum Einsteigen.
Zuerst dürfen wir die Passagiere der Businessclass,
HON Circle Member, Senatoren und Passagiere mit
kleinen Kindern an Bord bitten.«

Baumann konnte diese Ansage am Gate nach all den
Jahren fast singen. Geduldig reihte er sich bei den Passagieren der »Holzklasse« ein und schob sich Schritt für
Schritt durch das Gate und den Finger, bis endlich auch
er an Bord ging.

Vorbei an den Passagieren der Businessclass schob er
sich durch den Mittelgang, als er dort ein ihm sehr bekanntes Gesicht entdeckte: den neuen Ministerpräsidenten.

»Na klar«, dachte er bei sich. »Steht ihm ja zu.« Aber für einen Flug Düsseldorf–Berlin das Privileg auch zu nutzen? Das war doch sowohl wirtschaftlich als auch politisch unklug. »Wie auch immer«, sinnierte er, »ich gönne es ihm, dass er jetzt für Minuten vor dem Wahlvolk wie auf dem Präsentierteller sitzt. Das musst du erst mal aushalten.«

Damit hatte sich das Thema aber für ihn auch schon erledigt. Mit Passieren des Vorhangs zwischen Business- und Economyclass erspähte er einige Abgeordnetenkollegen, die wohl wie er zum Sommerfest nach Berlin wollten. Manche hatten ihre Plätze weiter hinten in der Maschine eingenommen, an anderen ging er mit einem angedeuteten Kopfnicken vorbei. Wenige Reihen bevor er seinen Platz erreicht hatte, begrüßte er eine Kollegin etwas freundlicher. Dort saß Sylvia Jordan, Kollegin aus der CDU-Fraktion. Sie war genauso lange wie er im Parlament, war wenige Jahre jünger und hatte nun all die potenziellen Chancen, die ihm als Oppositionspolitiker für die nächsten Jahre wohl verwehrt bleiben würden.

Beide hatten in mehreren Ausschüssen zusammengearbeitet. Politisch trennte sie wohl einiges, persönlich aber waren sie sich sympathisch.

»Hi, Peter«, grüßte sie, »auch auf dem Weg zum Sommerfest?«

»Aber sicher. Sehen wir uns?«

»Das wird sich wohl kaum vermeiden lassen.«

Als Peter Baumann kurz nach 19 Uhr in der Hiroshimastraße 12 ankommt, hat das muntere Treiben längst begonnen. Im alten Diplomatenviertel, das Hitlers Lieblingsarchitekt Albert Speer in den dreißiger Jahren geplant hatte, ist mit der deutschen Einheit bundesrepublikanische Wirklichkeit eingezogen. In direkter Nachbarschaft zu den Botschaften der einstigen »Achsenmächte«, der italienischen Botschaft des Duce und der Botschaft des japanischen Tenno, hat sich hier zu Beginn des neuen Jahrtausend die »Botschaft des Westens« etabliert, wie sie von ihren Nutzern gerne mit einem gewissen Stolz genannt wird.

Eine »Botschaft des Westens« hätte vor dem Mauerfall an dieser Stelle, wenige Hundert Meter von Zonengrenze und Ostteil der Stadt entfernt, ganz andere Assoziationen ausgelöst: Eine Vertretung der NATO, einer Vertretung des freien Westens im freien Teil der Stadt, wäre das Mindeste gewesen, was Zeitgenossen vor 1989 unter diesem Namen erwartet hätten. Aber von diesen Zeiten und Bekenntnissen war der politische Alltag inzwischen weit entfernt. Diese »Botschaft des Westens« war schlicht und ergreifend die Landesvertretung des bevölkerungsreichsten Flächenstaates der alten und der neuen Bundesrepublik Deutschland, die Vertretung von Nordrhein-Westfalen – gelebter Föderalismus, wie besonders Landespolitiker jeder Couleur nicht aufhörten zu beteuern.

Und auch die »Botschaft des Westens« gab sich im Konzert der »Botschaften« der anderen fünfzehn Bundesländer erklecklich Mühe, »Flagge zu zeigen«. Obwohl sie durch die Invasion der Rheinländer mit dem Umzug von Bonn nach Berlin unzulässig Schützenhilfe erhielt.

Wo andere Landesvertretungen – insbesondere der »neuen« Bundesländer – in Bonn und später Berlin erst Traditionen begründen mussten, wusste NRW, was es seinen Anhängern schuldig war. So war die Weiberfastnacht schon zu Bonner Zeiten ein fester Termin im Kalender der »Botschaft« gewesen und auch andere Termine des rheinischen Frohsinns wurden gerne an die Spree exportiert.

Dazu gehörte auch das aktuelle Sommerfest, das schon am Rhein gerne als »Stallhüter«-Fest begangen worden war.

Hier in Berlin waren die »Stallhüter« in der absoluten Minderheit.

Zu den Sommerfesten zu erscheinen war mittlerweile – abhängig vom Rang der Länder im Bund – zu einem »Must« der politischen Prominenz und der Journaille geworden. Nach dem Motto: »Bayern nicht versäumen!«

Dementsprechend groß war der Andrang vor dem Eingang, an dem drei übergroße Buchstaben für ihr Land warben: N, R und W.

Die »üblichen Verdächtigen«, wie Baumann sie gerne nannte, waren natürlich schon da. An der Spitze der »Landesvater«, der sich auf ein Interview für die heimatliche Abendschau vorbereitete, Prominente aller Parteien und solche, die sich dafür hielten, Fernsehgesichter und Hörfunkstimmen aus den Hauptstadtstudios und natürlich die Masse der Gäste: kleinere und größere Rädchen aus dem Politikbetrieb, die – warum auch immer – »dazugehörten«.

Der Abgeordnete Baumann tauschte seine Eintrittskarte gegen das »All inclusive«-Bändchen am Handgelenk, passierte die Sicherheitskontrollen und ließ seinen Blick über den Garten der Landesvertretung schweifen. Für ihn interessante mögliche Gesprächspartner sah er auf den ersten Blick nicht, glücklicherweise aber auch keine von der Sorte, der er lieber aus dem Weg ging. Er bewaffnete sich also zunächst mit einem Kölsch und einem »Halve Hahn« und drehte eine erste kleine Runde durch den Garten, vorbei an den Ständen mit regionalen Spezialitäten aus dem bevölkerungsreichsten Bundesland, auf der Suche nach einem geeigneten Gesprächspartner, mit dem er den Abend – oder zumindest einige Stunden hier – verbringen könnte.

In einer Traube von Journalisten entdeckte er seinen alten Parteifreund Norbert Walter-Borjans. Als der noch Finanzminister in Düsseldorf war, hatte Baumann auf seine Unterstützung gesetzt, wäre gerne als Juniorpartner an seiner Seite aufgestiegen. Sie verstanden sich gut, Baumann hatte zeitweise sogar den Eindruck gehabt, sie hätten eine Art Vater-Sohn-Verhältnis. Heute Abend aber hatte Freund Norbert nicht einmal einen kurzen Blick für seinen einstigen Schützling übrig. Anderes und andere waren inzwischen für seine eigene Karriere wichtiger geworden.

Baumann hing gerade seinen trübsinnigen Gedanken nach, als ihm ein Zeigefinger auf die Schulter tippte.

»Hi, Peter, ich habe schon die ganze Zeit nach dir Ausschau gehalten. Versteckst du dich vor mir?«

»Nee, Sylvia, auf keinen Fall – schön, dich zu sehen. Der erste erfreuliche Anblick heute Abend!«

»Schön, wenn du das so siehst«, flirtete sie leise. »Aber was gibt mir die Ehre?«

»Na, die Zahl der Sympathieträger heute Abend ist bisher durchaus überschaubar. Selbst Walter-Borjans hat Besseres zu tun, als mir kurz ›Hallo‹ zu sagen.«

»Das war doch dein großer Mentor, damals als ihr noch auf der Regierungsbank gesessen habt«, kitzelte sie ihn.

Und da war es wieder, dieses blöde Gefühl, in einem unkontrollierten Moment mehr gesagt zu haben, als die Zukunft vertrug.

Peter und Sylvia kannten sich gefühlt schon ewig. Beide hatten sich als Neu-MdLs kennengelernt. Die Landtagsverwaltung hatte für die neuen Abgeordneten eine Art Orientierungsseminar veranstaltet, an dem die Neulinge aller Fraktionen gerne teilnahmen. Daraus hatte sich zwischen den beiden Jungabgeordneten ein freundschaftlicher Kontakt entwickelt, der bald auch zu einem Austausch von Einschätzungen und Erfahrungen geführt hatte, wie er zwischen Angehörigen einer Regierungspartei und der Opposition nicht unbedingt zum politischen Alltag gehörte. Manchmal bedauerte Peter seine frühe Leutseligkeit gegenüber einer Kollegin aus dem anderen politischen Lager, und heute war mal wieder so ein Tag.

»Ich wäre dir dankbar, wenn du diese Details aus frühen Tagen unserer Bekanntschaft einfach vergessen könntest«, grummelte er, jedoch keineswegs unfreundlich.

»Ach, weil du denkst, nun säße ich an den Fleischtöpfen?«, flötete sie. »Du irrst«, fuhr sie fort und änderte ihre Stimmlage, »es geschahen und geschehen Dinge in unserem Land, deren Konsequenzen weit über unser kindisches Parteiengezänk hinausreichen und die uns allen gefährlich werden können – egal ob wir für Schwarz oder für Rot stehen!« Sie senkte die Stimme. »Wenn du so willst, steht die Glaubwürdigkeit unserer Fiskalpolitik auf dem Prüfstand. Und damit – sollte es jemals zu einer öffentlichen Diskussion kommen – auch die Glaubwürdigkeit unserer parlamentarischen Demokratie.«

Peter schaute sie ungläubig an. »Wie meinen?«

»Schon mal von Cum-Ex gehört?«

»Ja.« Peter erinnerte sich. »So eine saulangweilige Praxis zur Erstattung von Steuerzahlungen – richtig?«

»Richtig. Und damit es noch langweiliger wird, spielten und spielen dabei die Landesbanken eine ganz wichtige Rolle. Und immer vorne dran unsere gute alte WestLB.«

»Na, die wurde ja auch schon vor Jahren aufgelöst – wohl nicht ohne Grund. Und andere Landesbanken waren doch wohl auch nicht besser«, versuchte er das Gespräch abzukürzen.

»Nun, meine Jahre in den verschiedensten Ausschüssen unseres geliebten ›hohen Hauses‹ wie auch in diversen Beiräten und Hintergrundkreisen waren nicht ganz umsonst.« Sylvia schnitt jetzt etwas auf.

Dann fuhr sie fort: »Erst einmal hast du recht. Grob gesagt: Steck die Landesbanken in Sachen Cum-Ex in einen Sack und hau drauf – du triffst immer die richtige. Aber wir – du und ich –, wir gehören zu einem Parlament, sind gewählt, auch um Aufsicht zu führen. Und da ist die WestLB auch unsere Sache.«

»Aber die wurde doch kontrolliert. Es gab doch Aufsichtsräte und was weiß ich, die sich, gut bezahlt, der Geschäfte annahmen.«

»Gut bezahlt ist richtig, in Sachen Kontrolle bin ich mir da nicht ganz so sicher. Denn die Kontrolleure kamen doch aus unseren Reihen: Gerne wurden doch altgediente Parteifreunde mit solchen Posten alimentiert, wenn du so willst, auch belohnt. Für Jahre und Jahrzehnte in der Tretmühle. Da ging es ›vorrangig‹« – sie betonte das Wort ironisch – »nicht um Kompetenz, sondern um ›best buddy‹! Lief doch auch alles bestens – so schien es zumindest.«

Baumann hatte rote Ohren bekommen. Von all dem hatte er – im Detail – noch nie gehört. Im Gegenteil: Auf einem Posten im Aufsichtsrat bei der Landesbank hätte er sich selbst auch gerne später mal gesehen. Nur war er zu jung, um überhaupt in Frage zu kommen. Das Wort von der ›Gnade der späten Geburt‹ schoss ihm durch den Kopf. Aber er wollte sich nicht von dem, was ihm Sylvia da gerade berichtete, ablenken lassen.

Beide hatten sich vom Gewühl des Gartenfestes etwas zurückgezogen. Standen abseits, wo der Geräuschpegel niedriger war.

»Das musst du mir etwas genauer erzählen«, bat er sie. »Ich besorge eine Flasche Wein und wir setzen uns da drüben hin – einverstanden?«

»Ja, am besten gleich zwei«, stimmte sie ihm lachend zu. »Ich kann dir einiges erzählen über deine Genossen und meine Parteifreunde.«

»Immer noch Grauburgunder? Der soll hier sehr gut sein.«

»Na, du kennst mich doch besser, als ich dachte. Aber mach schnell. Sonst stirbst du leider dumm.«

Zehn Minuten später hatten die beiden Abgeordneten Platz genommen. Peter hatte zum Wein schnell noch ein paar Käsewürfel und Bretzeln organisiert.

»Es kann losgehen.«

»Peter, ich hatte vor einigen Wochen vertraulich Einblick in das Manuskript eines Journalisten, der sich über Jahre mit der Thematik beschäftigt hat. Und der schreibt, dass sich unsere alte WestLB, aber auch die Landesbank Baden-Württemberg oder die HSH Nordbank aktiv mit Milliardensummen als Käufer und als Verkäufer an dem Spiel beteiligt haben. Alleine unsere WestLB hat bei Cum-Ex-Geschäften mehr als zwanzig Milliarden bewegt und unserem Land damit einen Steuerschaden von über einer Milliarde Euro zugefügt.«

Sie zischte: »Kannst ja mal umrechnen, wie viele Kita-Plätze das sind!«

»Nur damit ich das richtig verstehe«, warf Peter ein, »die Landesbank, die das Wohl von Nordrhein-Westfalen mehren soll, beklaut das Land und seine Bürger, die Steuerzahler?«

»Und noch viel besser: Laut Aussagen eines Händlers der WestLB waren Vorstand und die Mitglieder des Aufsichtsrates über alles informiert!«

»Aber nun komm, auch die WestLB hat ja nicht im luftleeren Raum gearbeitet. Über dem Aufsichtsrat gab und gibt es doch noch die staatliche Bankenaufsicht, die BaFin.«

»Gut, dass du es ansprichst, wäre gleich selbst darauf zu sprechen gekommen. Also: Auch die BaFin war mit im Boot. 2007 gab es die Mail eines Whistleblowers aus der Bank, der die BaFin über Cum-Ex-Geschäfte informierte, die drei Jahre zuvor gelaufen waren. Damals hatte der Fiskus der WestLB gut hundert Millionen Euro Kapitalertragssteuer erstattet, die die niemals gezahlt hatte.«

»Okay, die Mühlen der Gerechtigkeit mahlen manchmal eben langsam …«

»Oder gar nicht«, fiel ihm Sylvia ins Wort. »Die BaFin hat nach allem, was wir wissen, diese Insiderinformationen brav für sich behalten und weder das Finanzamt Düsseldorf noch die Staatsanwaltschaft unterrichtet.«

»Man glaubt es nicht! Das müsste doch längst an der großen Glocke hängen!«

»Na, so langsam passiert das ja auch. Nur, was da zutage kommt, ist nicht wesentlich appetitlicher als das, was ich dir eben erzählt habe. Heribert Bonse, immerhin Exekutivdirektor der BaFin, also kein kleines Licht, hat vor dem Cum-Ex-Untersuchungsausschuss des Bundestages schon 2017 erklärt, dass die Cum-Ex-Geschäfte jahrelang von den Finanzbehörden geduldet worden waren. Geprüft wurde so gut wie gar nicht. Begründung: Die BaFin hätte keine Kompetenz in Sachen Steuerrecht! Dabei hätte 2005 und noch einmal 2013 die BaFin Sonderprüfungen zu diesen sogenannten Aktienkreisgeschäften bei den Finanzbehörden angeordnet.

Aufgewacht sind die Schnarchsäcke erst, als auch die ersten Finanzämter hellhörig wurden und die zu viel und zu Unrecht gezahlten Steuern von den Banken zurückforderten. Und erst durch eine neue Gesetzesregelung kam es im November 2015 zur Zusammenarbeit der Staatsanwaltschaft NRW und der Steuerfahndung in Wuppertal. Die BaFin aber, die längst ihrer Aufsichtspflicht hätte nachkommen können, ja müssen, verfuhr wohl zu dieser Zeit immer noch recht wurschtig mit dem Thema Cum-Ex. Lediglich eine kleine Privatbank in Hamburg stehe im Fokus des Interesses, schrieb eine Sachbearbeiterin. Und es muss wohl eine Weisung gegeben haben, nur jene Banken zu untersuchen, die selbst Bauchschmerzen bekommen haben und sich bei der BaFin gemeldet hatten. Die BaFin selbst wollte oder sollte nicht aktiv auf andere Geldhäuser zugehen. Toll, was?

Diese Cum-Ex-Geschäfte der WestLB haben schon in den nuller Jahren teilweise irrwitzige Formen angenommen. So war unsere Landesbank zu Beginn der Finanzkrise 2007 zeitweise mit rund 14 Prozent größter Aktionär der DaimlerChrysler AG. Musst du dir mal vorstellen! Man habe dort Kapital geparkt, ließ der Aufsichtsrat vermelden. Damals stellte meine Partei mit Helmut Linssen den Finanzminister.«

»Linssen, kennt heute keine Sau mehr. Der war doch später Schatzmeister im Konrad-Adenauer-Haus – richtig? Und musste gehen, weil er angeblich 400 000 Euro privates Vermögen auf die Bahamas verschoben hat.«

»Richtig. Aber ein gegen ihn eingeleitetes Steuerstrafverfahren wegen Steuerhinterziehung fiel unter die Verjährungsfrist.«

»Wundert mich schon fast nicht mehr. Aber wie ist das alles rausgekommen?«

»Sein Nachfolger im Finanzministerium, dein Parteifreund Norbert Walter-Borjans, hat 2010 eine Steuer-CD gekauft, und da war der Name seines Vorgängers im Amt drauf – pikant für uns alle, peinlich für meine Partei.«

»Na, es war ja nicht der erste, nicht der letzte und auch nicht der größte Finanzskandal deiner Partei, liebe Sylvia.«

»Das stimmt. Aber meine Leute haben nicht so mit Unwissen geglänzt wie dein Freund.«

»Wieso, der hat doch dann die WestLB abgewickelt?«

»Ja, auf Druck aus Brüssel hin. Die EU-Kommission hatte schon 2009 den Verkauf der WestLB bis Ende 2011 verlangt. Das war auch längst beschlossene Sache, bevor Walter-Borjans übernommen hatte. Den Orden kann er sich nun nicht wirklich an die Brust heften. Und die Unschuld vom Lande konnte er auch noch spielen. 2013 hat er vor dem Landtag doch allen Ernstes behauptet, dass die Landesregierung keine Kenntnisse von Cum-Ex-Geschäften der WestLB habe. Der Mann muss doch mit Blindheit geschlagen gewesen sein!«

»Und warum ist keiner von deinen alten Recken aufgestanden und hat ihn korrigiert?«

»Na, dreimal darfst du raten …«

»Schon atemberaubend, was du mir hier so bei der kleinen Gartenparty erzählst, liebe Sylvia! Ich erinnere mich, dass es mehrere Untersuchungsausschüsse, Zeitungsartikel, Dokus im Fernsehen dazu gab. Aber warum ist nie ein richtiger Aufschrei durch das Land gegangen?«

Doch an diesem Punkt des Abends hatte die Flasche Grauburger bereits ihr Ende erreicht und mit ihr drohte nun auch das Gespräch zu versiegen – da galt es Abhilfe zu schaffen.

»Hol noch 'nen Grauburgunder und ich werde dich auch in dieser Frage aufklären – oder zumindest in meine Thesen einweihen.«

Sylvia war in Fahrt gekommen. Selten hatte sie bisher ein Opfer gefunden, das ihr bei diesem Thema so an den Lippen hing wie der Kollege Baumann. Bei ihrem Mann und ihrem Freundeskreis hatte sie mit dem Thema Cum-Ex meist Langeweile und gepflegtes Desinteresse ausgelöst.

Schneller als erwartet war Peter mit einer neuen Flasche zurückgekehrt. Der Durst der meisten Gäste hatte mittlerweile wieder Normalmaß erreicht und die Stände waren nicht mehr so umlagert. Bei einigen Gästen tat der Alkohol auch bereits seine Wirkung. Bei dem Landtagsabgeordneten Baumann wirkte er heute jedoch mehr aufputschend als benebelnd.

»Jetzt sag mir doch bitte einmal, warum die bundesdeutsche Öffentlichkeit dermaßen unaufgeregt mit diesem Skandal umgeht. Das ist doch nicht normal!«

»Schau dich doch nur selbst an. Hast du dich bis heute Abend groß für das Thema interessiert? Und es ist ja auch ziemlich kompliziert. Auch ich habe noch immer nicht jede Einzelheit verstanden, und der Journalist, der mir die ganzen ›dirty details‹ gesteckt hat, ist seit Jahren an dem Thema dran. Und dann musst du auch noch die richtigen Zeitungen lesen. In der ›Blöd‹-Zeitung wirst du dazu kaum etwas finden, die wollen ihre potenzielle Leserschaft nicht überfordern. Fürs Fernsehen ist das Thema denkbar schlecht geeignet, es fehlen die Bilder. Bleiben *Handelsblatt*, der Wirtschaftsteil der *FAZ* und einige andere überregionale Zeitungen, die ihren Lesern diese schwere Kost zumuten.

Und wir, die großen Parteien – wir haben doch auch kein Interesse daran. Wir haben doch alle Dreck am Stecken. Und ich müsste mich schon sehr irren, wenn nicht in einer ganz großen Koalition des Schweigens unsere Parteioberen – und wer da noch beteiligt war – durch ihre bekanntlich guten Drähte ins Berliner

Finanzministerium oder zur BaFin verhindert haben, dass zu viel über das Thema gequatscht wird.«

»Aber es muss doch Statistiken, Rechenschaftsberichte geben, in denen die Schäden, die der Allgemeinheit mit Cum-Ex entstanden, nachzuvollziehen sind.«

»Eigentlich schon, nur gibt es meiner Quelle zufolge bis heute keine unabhängige Schätzung über das Cum-Ex-Volumen aller Landesbanken zusammen.«

»Aber es gibt doch noch immer eine Bundesregierung ...«

»Und die war in Person ihrer Bundesfinanzminister immer kräftig mit dabei. Es ist mehr als unrealistisch, annehmen zu wollen, die Herren Steinbrück und Schäuble hätten nicht gewusst, was da passierte. Meine Quelle hat sich umgehört: Fachleute sagen, der finanzpolitische Sumpf reichte von Flensburg bis Garmisch-Partenkirchen. Alle waren dabei – auch die in Berlin. Aber beweis das erst einmal. Da müsste dann ja ein Untersuchungsausschuss eingesetzt werden. Und wer soll den beantragen, wenn CDU/CSU und SPD die Reihen schließen? Die AfD vielleicht?«

Bei dieser Vorstellung legte sich ein Ausdruck der Verbitterung über Sylvias Züge.

»Und weißt du was, so viele machen mit, die vorher Cum-Ex verurteilt haben: Wolfgang Kubicki, du weißt, der von der FDP, hat 2007 gesagt, das Krisenmanagement der HSH Nordbank sei, Zitat, ›unter aller Sau gewesen ... Die Geschäfte erfüllen ohne jeden Zweifel den objektiven und subjektiven Tatbestand der

Steuerhinterziehung.‹ Die Beute der HSH Nordbank betrug angeblich 112 Millionen Euro. Auch da ist, trotz eines Whistleblowers, die BaFin nicht eingeschritten. Heute verteidigt Kubicki übrigens als Rechtsanwalt jemand aus dem Kreis der führenden Leute, die Cum-Ex erfunden haben. Aber das nur am Rande.«

Peter hatte erst einmal genug gehört. Der Abend, auf den er sich so gefreut hatte, von dem er insgeheim vielleicht auch neue Perspektiven für seine weitere politische Karriere erhofft hatte, war so ganz anders verlaufen.

»Das war alles nicht so schön, was du mir da zu erzählen hattest. Aber ich danke dir, dass du mich an deinem Wissen hast teilhaben lassen. Ich muss das alles erst einmal verarbeiten.«

Die beiden Landtagsabgeordneten wechselten das Thema. Aber die große Feierlaune war beiden vergangen. Ein paar kurze Worte zu Familie und Urlaubsplänen, dann verabschiedeten sich Peter und Sylvia vor dem Eingang an den drei Buchstaben.

»Meld dich doch mal, wenn wir wieder in Düsseldorf sind«, schlug er Sylvia vor, als sie in das Taxi stieg, das sie ins Hotel bringen sollten. Mit gerecktem rechtem Daumen verabschiedete sie sich aus dem Fenster der anfahrenden Limousine.

Peter wollte in dieser heißen Sommernacht nicht Taxi fahren und machte sich zu Fuß auf den Weg von der Landesvertretung zum Westin Grand in Mitte, wo er oft und gerne abstieg.

Noch zu DDR-Zeiten geplant, gebaut und als Grand Hotel Berlin eröffnet, sollte es den Charme und den Mythos des alten Hotel Adlon in den eher tristen Alltag der »Hauptstadt« tragen. Das gelang schon deswegen nicht, weil nur Gäste mit Valuta hier absteigen konnten. Zimmer für Mark der DDR gab es nicht, und das verbitterte viele, die sich den neuen Prunk nur durch die Scheiben des Foyers anschauen konnten. Mittlerweile kannten nur noch wenige Eingeweihte die Geschichte des Hauses nahe der Ecke Friedrichstraße/Unter den Linden. Zu einem der besten Häuser der oberen Mittelklasse avanciert, wird es regelmäßig von Ministerialen, Geschäftsleuten und Journalisten gebucht, die in Berlin geschäftlich zu tun haben.

Die Qualität der Betten im Westin Grand war legendär und Peter schätzte den kleinen Luxus. Doch in dieser Nacht schlief er nicht gut: Die Nacht hatte kaum Abkühlung gebracht und auch seine Gedanken ließen ihn kaum zur Ruhe kommen. Ganz gegen seine Gewohnheit hielt es ihn gegen sechs Uhr morgens nicht mehr im Bett und der Abgeordnete Baumann verließ das Hotel zu einem Morgenspaziergang. Tief in Gedanken zog es ihn die Friedrichstraße gen Süden. An der Kreuzung Leipziger Straße wandte er sich dann Richtung Potsdamer Platz.

Erst als er an der Kreuzung Wilhelmstraße halten musste, bemerkte er, wo er war: Vom Gebäude quer über die Kreuzung lachten ihn von einem monumentalen Wandbild fröhliche und schaffende Werktätige an, Kinder mit dem Halstuch der Thälmann-Pioniere, Frauen und Männer mit ernsthaft-gläubigem, euphorischem Blick, Jugendliche im Blauhemd der FDJ. Der »Aufbau der Republik«, 24 Meter lang und drei Meter hoch und aus Fliesen aus Meißner Porzellan zusammengesetzt, zog den westdeutschen Politiker in seinen Bann. Baumann hatte für Sekunden das Gefühl, in einer Zeitschleife zu stecken, bis ihm das Hier und Jetzt wieder sicheren Grund unter den Füßen gab.

Wie oft hatte er das monumentale Werk im Vorübergehen übersehen – im wahrsten Sinne des Wortes. Denkmalgeschützt, war es Teil des Detlev-Rohwedder-Hauses, Sitz des Bundesfinanzministeriums und früheres »Haus der Ministerien«, in dem einst die DDR gegründet worden war und das ursprünglich als Reichsluftfahrtministerium für Hitlers Paladin Hermann Göring gebaut worden war.

Alte Wochenschau-Aufnahmen fielen ihm ein, die er oft in Fernsehdokumentationen gesehen hatte: demonstrierende Arbeiter am 17. Juni 1953 – genau an dieser Stelle. Der erste Versuch der »herrschenden Klasse«, das ungeliebte Regime der SED abzuschütteln.

Die hatte schon damals abgewirtschaftet, dachte der Abgeordnete Baumann. »Spitzbart, Bauch und Brille sind nicht des Volkes Wille«, hatten sie gerufen – Ulbricht, Pieck und Grotewohl und damit die noch junge DDR hatten nicht die Legitimation der Regierten und auch ihre Nachfolger haben sie bis zum Ende des Arbeiter- und Bauernstaates nie erhalten.

Die Demokratie des Westens und unser Wohlstand waren über all die Jahrzehnte hinweg Stachel im Fleisch des SED-Sozialismus, ging es ihm durch den Kopf. Die SED und die ganze DDR sind nun längst Vergangenheit. Der Westen, die Demokratie, hat gesiegt, haben wir damals gedacht. Doch was haben wir seitdem gegen die getan, die sich schamlos an unserem System bereichern? Den Rechtsstaat ad absurdum führen, die Legitimation unserer bürgerlichen Demokratie durch ihre eigene kriminelle Energie oder einfach durch Wegschauen gefährden?

»Demokratie und Freiheit gibt es nicht zum Nulltarif«, hatte er neulich erst in einem Leitartikel gelesen. Er wunderte sich kurz über sich selbst, dass ihm gerade jetzt dieser Satz wieder einfiel.

Es wurde Zeit für das Frühstück.

Kapitel 8
Der alte Bankier

Im Watt der Nordsee zu wandern, das war ihm seit seiner Kindheit das Schönste. »Die Ebbe ist für euch, die Flut kann euch das Leben kosten«, hatte ein Lehrer beim ersten Schulausflug gewarnt. Wattwandern, bis zum Horizont gen Westen schauen, Krebse fangen, Muscheln suchen und das Ufer rechtzeitig vor Hochwasser zu erreichen, all das faszinierte den wissbegierigen Achtjährigen. Sebastian fühlte sich herausgefordert und fand Zeit, über sich und die Welt nachzudenken. Als Fünfzigjähriger erklärte er seiner Tochter: »Wattwandern ist Kontemplation.«

Noch während seiner ersten Tätigkeit bei der kleinen »Staatsbank« vor dem Harz hatte er im Mai 1974, just am gleichen Tag als Bundeskanzler Brandt gestürzt wurde, eine bescheidene Doppelhaushälfte auf der Insel Juist erworben. Nach Osten bot sie den Blick ins Watt. »Für die Kinder«, hatte er damals seinen Kauf begründet. Seine Frau hatte geantwortet: »Für dein Wattwandern.« Sie wusste, wann er rausmusste ins Watt. Ihm selbst ging es all die Zeit über darum, Probleme, Eindrücke,

Menschen einzuordnen, um nüchterne Schlüsse zu ziehen. Je heftiger ihn sein Beruf herausforderte, desto öfter war die Familie mit ihm auf Juist. Für die Freundschaften seiner Frau, die fürs Lehramt in Hamburg studiert hatte, war das nicht gerade förderlich.

Die Revolte der Achtundsechziger und deren Protagonisten waren ihm ohnehin unheimlich gewesen und von deren Sympathisanten hatte es zu jener Zeit im Umfeld der Universitäten gewimmelt. Er fand die Fotos mit Nackten der Berliner WG abstoßend. »Die Stasi rührt da kräftig mit«, davon war er damals fest überzeugt gewesen. Nach der Wiedervereinigung bestätigten ihn die Akten der Staatssicherheit, aber die jungen Frauen und Männer, mit denen das junge Ehepaar Franck einst heftig diskutiert hatte, waren nun längst aus seinem Gesichtsfeld verschwunden. Lange Abende bei Bier und Wein waren ihm immer ein Gräuel gewesen, zumal er nicht über sich selbst sprechen oder von den Intimitäten der anderen jungen Paare hören mochte. Die öffentlichen Forderungen nach Emanzipation der Frau waren seiner Meinung nach abstrus: Seine Mutter hatte seit 1943 das lebensnotwendige Geld verdienen müssen. Ihren Söhnen hatte sie ein tüchtiges Selbstbewusstsein vermittelt und dabei ihren Humor gepflegt.

An einem Priel im Watt sollte er einen alten Kapitän kennenlernen, der als junger Matrose noch auf einem Dreimaster gefahren war. Der zeigte Franck eine flache Stelle, wo man den Priel auch bei reißender Flut bequem passieren konnte. Der »Kapitän auf großer Fahrt«

befand sich seit Kurzem im Ruhestand und führte nur noch dann Schiffe, wenn ihn die Hamburger Reederei dringend darum bat. Kapitän Christiansen vermochte auch Menschen zu führen, weil er ihnen zuzuhören wusste. Nachdem er mit Franck den Priel durchquert hatte, waren beide ins Plaudern geraten. Christiansen beklagte, dass inzwischen alle Seefahrtsschulen in Deutschland geschlossen würden: »›Wozu noch deutsche Seeleute, wenn man sie spottbillig von den Philippinen kriegt?‹, sagen Politik und Reeder in Hamburg und Bremen. Das heißt auf Neudeutsch Globalisierung. Ich nenne das fahrlässig.«

Franck war der Kapitän sympathisch, weil er ebenso wie er selbst die Dinge vom Ende her betrachtete. Ein Anruf genügte und beide trafen sich an der Nordspitze der Insel. So wurde aus dem ersten Treffen am Priel etwas, das man als Freundschaft bezeichnen könnte. Christiansen hatte unendliche Geduld beim Zuhören. Am Ende fragte er: »Sebastian, soll ich Ihnen etwas dazu sagen?« Und sie waren sich einig: Ein Seeschiff ist wie ein Unternehmen. Die Crew muss harmonieren, der Kapitän muss wissen, wie man in Stürmen oder Flachwasser navigiert oder sich an der Ostküste Afrikas der Piraten entledigt.

Als junger Bankier hatte sich Franck als Skeptiker offenbart, der alles weiß, alles versteht und alles belächelt. Anderen Menschen, über deren Wissen und Können er die ersten Erfahrungen sammelte, begegnete er charmant und zuvorkommend. Dünkten sie ihm – wie der alte Kapitän – nützlich in Karriere und Gesellschaft, näherte er sich ihnen in langen Gesprächen über die »ewige Schaukel«. Diese schaukelt seit Menschengedenken beständig zwischen Gut und Böse hin und her und wird gemeinhin »Welt« genannt.

Ideologien hatte er schon als Gymnasiast als Unsinn betrachtet und während seines Jurastudiums war er stumm geblieben, wenn sich seine Kommilitonen gegenseitig über Marx, Kapitalismus, Sozialismus oder die Planwirtschaft im Ostblock ereifert hatten. Er hatte als Primaner davon geträumt, in Heidelberg zu studieren, weil ihm die Stadt im Neckartal gut gefiel. Aber die täglichen Demonstrationen im Hörsaal oder auf der Straße, Störungen der Klausuren, hatten ihn so angewidert, dass er Heidelberg nach dem ersten Semester Jura den Rücken gekehrt hatte. In Göttingen liefen zwar auch die Schreihälse vom KBW herum, dem Kommunistischen Bund Westdeutschland, die »Mao« hochleben ließen und nichts vom millionenfachen Mord während der »Kulturrevolution« wissen wollten, aber alltägliches Schnupfen und Saufen war hier nicht angesagt.

Die Söhne der Familie Franck hatten seit Luthers Zeiten entweder Theologie oder Jura studiert. Damit war sie im protestantischen Teil Deutschlands immer tonangebend geblieben, nachzulesen in der Geschichte von Anhalt, Sachsen und Thüringen. Sebastians Vater war als Pastor Mitglied der Bekennenden Kirche, also ausgewiesener Kritiker des NS-Regimes, gewesen und an der Ostfront gefallen. Die Mutter war eine moderne

Katharina von Bora. Sie hatte Sebastian und seine Geschwister nach der Flucht in den Westen allein aufgezogen. Von ihr hatten die Kinder erfahren, was Selbstbewusstsein, Fleiß und Arbeit bedeuten. Für sie hatte es nie einen Zweifel gegeben, dass aus ihren Kindern bedeutende Akademiker werden würden.

Das Erlernen von Latein und Altgriechisch betrachtete Sebastian Franck als die wichtigste Übung, um denken zu lernen. Für Politiker und Unternehmer, die die alten Sprachen auf dem Misthaufen schulischer Erziehung wissen wollten, hatte er nur ein distanziertes Lächeln übrig. Hinter seinem Rücken sagte man: Der Franck ist ein Snob – durch und durch. Das kümmerte ihn nicht. Er hielt sich an die Lebensweisheit eines Managers aus Wien. Der sagt: »Was man hinter maanem Rücken sogt, das sogt man maanem Oasch.«

Beruflich war Franck in der kleinen »Staatsbank« vor dem Harz wie eine Rakete aufgestiegen Als versierter Rechtsvertreter hatte er in Windeseile Konkurse der Bankkunden entweder zu vereiteln oder marode Familienunternehmen dauerhaft zu sanieren gewusst. Hier hatte er sein kaufmännisches Talent entdeckt. Seines Erachtens verlagerte sich die Macht des Kapitals in der gesamten westlichen Hemisphäre von Tag zu Tag mehr auf die organisierte unternehmerische Intelligenz. »Nur, wenn man dem Rechnung trägt, gelingt Unternehmenssanierung«, sagte Franck.

Das hatte seinen Ruf derart gestärkt, dass er in den Vorstand der Landesbank berufen wurde. In der nicht enden wollenden Stagflation unter den Kanzlern Brandt und Schmidt war ein solches Sanierungstalent Gold wert gewesen. Anvertraut wurde ihm von der Politik in Hannover die Sanierung der kleinen Küstenwerften. Sie gelang zur Freude der Lokalpolitiker und der Arbeiter, die ihren Job behielten. Franck aber wollte nicht nur aushelfen, Mann der Stunde sein, sondern wollte selbst an die Spitze, Mitarbeiter führen, dauerhaft mit eigenen Ideen ein eigenes Unternehmen formen und groß machen.

Franck zitierte des Öfteren den Leitsatz des amerikanischen Ökonomen John Kenneth Galbraith: »Mit Kapital kann sich ein Betrieb selbst versorgen, mit Spezialisten hingegen kaum. Um Leistungen zu erbringen, müssen diese Talente in ein leistungsfähiges Verhältnis zueinander gebracht werden. Das bedeutet Organisation.« Bei einigen Sanierungsfällen war er persönlich mit dem Hamburger Traditionsinstitut der seit ihrer Gründung 1770 von derselben Familie geführten Weinheim Bank in Berührung gekommen. Die Familie Weinheim verfügte zwar international über einen Ruf wie Donnerhall, weil sie seit Beginn der Industrialisierung Reedereien und Werften an Elbe und East River zum Leben erweckt hatte, inzwischen aber litt ihr Institut in Hamburg unter galoppierender Vergreisung. Mitarbeiter, von denen einige noch vorm Schreibpult ihrer Tätigkeit nachgingen, wurden wie vor hundert Jahren als »Beamte« bezeichnet. Gegen seine Gewohnheit ließ Franck durch sein Sekretariat ein Treffen mit dem jüngsten Vertreter der Bankiersfamilie an der Elbe arrangieren.

Dave Weinheim hatte beide juristischen Staatsexamina in Deutschland mühelos bestanden. Es zog ihn aber in den Handel mit Aktien, Anleihen und Wetten. Angenehm war dem jungen Herrn mit dem wilden Kraushaar, dass der Trubel an der New Yorker Börse erst sechs Stunden später als in Hamburg losging. Dann hatte der eloquente Salonlöwe gut ausgeschlafen, konnte als Erstes mit seinen Freunden von der Wall Street gemeinsam telefonisch die Lage peilen und war dabei ebenso erfolgreich wie bei den jungen Damen der angeblich so steifen hanseatischen Gesellschaft. Eine Schwäche hatte er allerdings: Sie bestand darin, dass es ihm nicht gelingen wollte, ein Team zusammenzustellen, das den Mumm und die Weitsicht besaß, das Haus von oben bis unten zu reformieren und zu sanieren. Das Kreditgeschäft war Dave ein Graus. Vor allem mochte er sich in all den wohlhabenden Familien, mit deren Töchtern er poussierte, nicht unbeliebt machen.

Weinheim und Franck trafen sich erstmals in Cöllns Austernstuben nahe dem Hamburger Rathaus. Herren der Gesellschaft erörtern dort seit Generationen bei Austern und Fisch in kleinen Separees hinter dunkelblauem Samtvorhang wichtige Dinge zu beiderseitigem Nutzen. Aber auch zum Nachsehen Dritter – wie es etwa dem technisch revolutionären Werftunternehmer Willy Schlieker erging, dem die Banken 1958 plötzlich den Kredithahn abdrehten.

Weinheim, der Salonlöwe, wusste von der ersten Sekunde seines Treffens mit Franck an: Das ist der Kerl, der den alten Karren aus dem Dreck zieht. Franck hingegen war sich nicht ganz sicher, ob er je die Mehrheit der Geschäftsanteile würde erwerben können. Nach Verzehr der Austern versicherte ihm Weinheim allerdings: »Seit der Nazizeit ist über die Hälfte der Geschäftsanteile auf Treuhänder verstreut. 1937 war das richtig. Heute nicht mehr. Ich kann Ihnen beim Einsammeln helfen. Ich kenne die Herren persönlich. Sie alle haben treu zu meiner Familie gestanden und sind durchweg sehr sympathisch, heute aber alt und mögen keine Verantwortung mehr tragen.«

Während ein wenig Buttersauce über die Schollen geträufelt wurde, erinnerte sich Weinheim an sein erstes Essen mit Kanzler Helmut Kohl im Herbst 1986 im Bremer Ratskeller: »Sie ahnen nicht, in welchem Tempo der Kohl die riesige Scholle, die weit über den Tellerrand lappte, vornübergebeugt inhaliert hatte. Ihm wurde eine zweite, kleinere nachgereicht. Auch die putzte er in Minuten weg.«

Nach einer Pause fuhr Weinheim fort: »Meine Familie und ich mögen und schätzen die Sozialdemokraten. Ob in der Weimarer Zeit oder beim Wiederaufbau Hamburgs. Das waren und sind echte Konservative: Erst kommt bei ihnen Aufbau und Pflege der Unternehmen, dann das Volk, das davon profitiert.« Ihm sei der Freundeskreis von Ex-Kanzler Schmidt sehr angenehm.

Während seiner Wattwanderung am folgenden Wochenende ordnete Franck alles in Hamburg Erlebte und wog Für und Wider ab: Ob er irgendwann Chef der Landesbank in Hannover werden würde, daran hatte er Zweifel. Politiker fördern bekanntlich keine Personen, die ihnen intellektuell überlegen sind. »Hamburg, das ist ein echtes Wagnis für die ganze Familie«, sagte Francks Frau. »Aber Hamburg ist auf alle Fälle besser als Hannover.« Dann also Hamburg.

Vom ersten Tag an der Alster an griff Franck eisern durch. Argumente wie »Das war schon immer so« oder »Das ist seit Jahren mein Feld, mein Bauchladen« wischte er ohne Antwort vom Tisch. Franck fragte lediglich: »Trauen Sie sich das zu?«, »Haben Sie ein Händchen dafür?«, und Ähnliches. Bei privaten Abendessen hoch über der Elbe oder bei Festivitäten im Hotel Atlantic hörte Weinheim nun immer wieder den Satz: »Bei Ihnen weht ja neuerdings ein scharfer Wind.«

Weinheim selbst war mit sich und der Welt zufrieden: Die Bank hatte Franck rasch ins Laufen gebracht. Selbst die lokalen Primus-Banker in ihrem hässlichen Bürohaus an der Ludwig-Erhard-Straße ließen ihn wissen: »Der Franck und Sie, Verehrtester, machen uns neuerdings richtig Konkurrenz mit eurem Family-Office.«

Das hatte sich bis zum Hamburger Senat durchgesprochen, wo die Sozialdemokraten schier seit Ewigkeiten das Zepter in der Hand hielten. Zu sanieren gab es in der Hamburger Wirtschaft allerorten: Was sollte aus dem Stahlwerk und der Aluminiumhütte im Hafen

werden? Die brauchten preisgünstigen Strom, am liebsten aus einem neuen Kernkraftwerk. Noch dringen-
der musste entschieden werden: Sollten zehntausende
Mietwohnungen des insolventen Gewerkschaftskonzerns ins Eigentum der Hansestadt übernommen oder
an ortsfremde Immobilienhaie verschachert werden?
Wer hatte die Kompetenz und die Erfahrung, die Dinge
im Sinne der Metropole zukunftssicher zu richten? Ja,
der Bürgermeister lud persönlich den allseits bewun-
derten und hochgelobten Sanierer zum Gespräch in
seine repräsentativen Amtszimmer. Seitdem lief alles
ohne Aufsehen wie geschmiert: Die Wohnungen des
Gewerkschaftskonzerns waren binnen sechs Monaten
unter Obhut der kommunalen Wohnungsgesellschaft.
Plötzlich überraschte die sogar mit Gewinnen und die
Hamburger Grundstoffindustrie konnte mit günstigen
Strompreisen langfristig Investitionen im Hafengebiet
planen.

Franck beteiligte sich mit der Weinheim Bank nam-
haft am größten Eisenbahntransportunternehmen
Europas und verhinderte im Aufsichtsrat die Verlegung
des Konzernsitzes von der Elbe an den Zürichsee. Gleichzeitig bekniete ihn der Senat, die größte deutsche Hoch-
seereederei vor Japanern und Amis zu schützen. Auch
das gelang Franck. Innerhalb des folgenden Jahrzehnts
mauserte sie sich zur Freude ihrer vielen Kleinaktionäre
zum zweitgrößten privaten Schifffahrtskonzern Europas. Weder in der Hamburger Lokalpresse noch in der
Wochenzeitung oder im Norddeutschen Rundfunk

nahm man viel Notiz davon. Doch Privatreeder und Schiffsfonds rannten Franck seitdem die Bude ein. Aufgrund seiner Ideen stieg Hamburg in der Riege der weltweit wichtigsten Reedereistandorte wieder auf Platz drei auf. Franck entschied, dass sich die Weinheim Bank dauerhaft an Gastanker-Reedereien und Ende der neunziger Jahre an Containerfrachtern der Eisklasse beteiligte, also an Schiffen, die ohne Weiteres die Nordostpassage befahren konnten. Die Führung der Privatbank schien ihrer Zeit weit voraus zu sein.

Die gestandenen Herren der norddeutschen Hafen- und Schifffahrtsbranche suchten Sebastian Francks persönliche Nähe. Dass er – allseits akzeptiert – wirklich einer der ihren geworden war, demonstrierte er mit dem Kauf einer wunderschönen klassischen Holzjacht, auf der er an traditionellen Hochseeregatten wie der Skagen Rund teilnahm. Weinheim besorgte ihm erfahrene Skipper samt Segelcrews. Während der Sommerferien ging es in die Stockholmer Schären.

Schiffsfinanzierung war Francks allseits einsehbare Tätigkeit. Viel wichtiger war ihm aber die Konsolidierung der Weinheim Bank. Wo immer in Deutschland noch eine kleine Privatbank ihr Leben fristete, zog er Erkundigungen ein, machte den bisherigen Eigentümern ein akzeptables Angebot und beschäftigte diese nach dem Erwerb als lokal bekannte Gesichter weiter vor Ort. Das kam in Schwaben gut an. Er legte Wert darauf, dass der Name des Instituts erhalten blieb. Denn es war sein Hauptanliegen, die bisherige Kundschaft, wozu auch die Unternehmerfamilien zählten, nicht zu verschrecken. Hinter der Bühne aber sanierte er mit dem eisernen Besen und verkürzte die Abläufe. Man rieb sich die Augen in Braunschweig, Berlin, Bremen und Stuttgart. Urplötzlich war eine kleine, lokale Privatbank imstande, kurzfristig die Nachfrage nach zwei- und dreistelligen Millionenkrediten zu bedienen.

In den sattschläfrigen Niederlassungen der Primus Bank stieß das bös auf. »Familienunternehmen sind doch unser Beritt«, empörte man sich selbst in den Frankfurter Wallanlagen. Einige Investmentbanker wurden nervös, sahen Konkurrenz auf sich zukommen und forderten Angriff – am besten über die politisch-juristische Schiene.

Die Expansion des Hamburger Traditionsinstituts war nur möglich, weil Franck im Gegensatz zu den Boni-Bankern den Gewinn nicht in die private Tasche verschwinden ließ, sondern das Eigenkapital der Privatbank Jahr um Jahr unverdrossen stärkte. An der Bar im Hamburger Überseeklub an der Binnenalster hieß es: »Der Franck hat 'nen Fimmel mit dem Eigenkapital. Wir, ja alle Großbanken, können doch bestens mit sieben bis acht Prozent leben. Der Franck ist mit seinem Laden inzwischen bei siebzehn Prozent. Der lebt auf 'nem andren Stern.« Solche Sätze hörte man des Öfteren auch von Politikern, die in den Aufsichtsgremien der Landesbank residierten, oder eben von Primus-Bankern. Es folgte stets der Satz: »Also, das ist natürlich meine ganz private Sicht der Dinge.«

Anfangs hatte sich der Bankier maßlos über die systematische Miesmacherei geärgert. Seine Frau hatte Franck davon abgehalten, den Satrapen aus Frankfurt ordentlich die Meinung zu blasen: »Du stehst über den Dingen. Damit zeigst du Stärke.« Das tat er, indem er das Frankfurter Großinstitut bei seinen Auslandsgeschäften zunehmend als Depotbank nutzte. Vielleicht hatte er dabei die stille Hoffnung, dass die Primus Bank zu ihrer alten Seriosität zurückfinden würde?

»Das war der Fehler meines Lebens«, gestand sich Franck bei der ersten Hausdurchsuchung im Januar 2016 ein.

Die Falle gestellt hatte ihm Professor von Köz, der Rechtsvorstand der Primus Bank. Von einem nassforschen neuen Mitarbeiter, den Franck in Hamburg vor die Tür gesetzt hatte, hatte von Köz beiläufig erfahren: »Die Weinheim Bank wickelt ihre Aktienkreisgeschäfte über unsere Zentrale ab.«

Worauf von Köz sofort nachgefragt hatte: »Wird in Hamburg geprüft, ob wir hier in Frankfurt die Kapitalertragssteuer abführen?«

»Nee«, hatte der junge Mann geantwortet. »Wenn die Briten leerverkaufen, dann vertrauen die Hamburger darauf, dass die Kapitalertragssteuer hier von uns in Frankfurt an den Fiskus abgeführt wird. Und das Gottvertrauen haben die noch.«

In diesem Moment schoss von Köz die Idee durchs Hirn: »Da wir als Depotbank die Steuer nicht abführen, haben die Hamburger kein Anrecht, sich nie gezahlte

Steuer vom Finanzamt rückerstatten zu lassen. Das ist schlichtweg Steuerbetrug.«

Der junge Mann war bass erstaunt: »Weiß der Franck denn überhaupt nicht, dass wir keinen Cent abführen?«

Von Köz zuckte mit den Schultern. »Keine Ahnung«, sagte er. Er war sich aber seiner Lüge bewusst. Denn er erinnerte sich, dass seine Rechtsabteilung lediglich die Großkunden darüber informiert hatte, dass die Primus Bank bei Kreisgeschäften mit deutschen Aktien in Zukunft keinen Cent mehr ans Finanzamt überweisen werde. Man hatte es sich im Frühjahr 2008 erspart, die Hamburger Weinheim-Privatbank und andere kleine Institute ebenfalls in Kenntnis zu setzen.

Der junge Mitarbeiter aus Hamburg hatte ihn noch gefragt: »Kommt man in Deutschland auch ins Kittchen, wenn man unwissentlich, also ungeplant, das Finanzamt täuscht?«

Von Köz antwortete seinerzeit: »Die einen sagen so, die andern so. Aber ›Unwissenheit schützt vor Strafe nicht‹.«

Von alledem ahnten die beiden Hamburger Privatbanker Franck und Weinheim nichts. Die Branchendienste brachten zwar seit 2013 Notizen über das »Dividendenstripping«, das von den Brokerfirmen inzwischen weltweit mit dem Kürzel »Cum-Ex« versehen worden war. Es schien, als ob sich die gesamte Finanzwelt an Cum-Ex beteiligte. Das Volumen wuchs astronomisch. Aber das nahmen Franck und Weinheim nur am Rande zur Kenntnis. »Sollte irgendetwas mit Cum-Ex nicht stimmen, dann hätten die Steuerfahnder in Frankfurt längst bei den Großbanken zugeschlagen«, so ihr beruhigendes Fazit nach der Vorstandssitzung.

Erfolg macht blind und oftmals taub. Das hatte man einst an den Königshöfen aus leidvoller Erfahrung stets nur zu gut gewusst und das merkt jeder bessere Manager, der auf die Konzernspitze zustrebt. Franck war um die Jahrtausendwende weder blind noch taub für Veränderungen in Gesellschaft und Politik. Seit den Zeiten der Weimarer Republik erhielten die Sozialdemokraten alljährlich eine fünfstellige Dotation. Das war auch ihm recht. Mit den Hamburger Christdemokraten war die Familie Weinheim nach Ende der Nazizeit nie warm geworden, wovon die Liberalen gern profitierten. Wochentags, wenn Franck ins Bankhaus chauffiert wurde, überflog er die Wirtschaftszeitung *Oikos* und blätterte am Samstag im Garten in der deutschen *Wochenzeitung.*

Mithilfe teurer Public-Relations-Agenturen im gesellschaftlichen Leben präsent zu sein widersprach seiner Natur. »Public Relations stehen geradezu im Widerspruch zu unserem Bankgeschäft. Investitionen in PR sind überflüssig wie ein Kropf«, äußerte Franck ein ums andere Mal gegenüber Mitarbeitern.

Überraschenderweise hatte es einer gewagt, Franck zu widersprechen: »Unternehmen, ja wir als Bank, sind Teil des öffentlichen Diskurses. Wer da nicht mitmacht, stellt sich selbst in die Ecke, wird leicht Opfer seiner Gegner.« Worauf ihn sein Chef mit seinem allseits gefürchteten bitterbösen Blick abstrafte.

Deshalb hatte das, was als Pressestelle der Weinheim Bank firmierte, die einzige Aufgabe, Wirtschaftsredakteure der Medien pünktlich zur alljährlichen Bilanzpressekonferenz einzuladen. Der »Pressechef« war beim Unter- und Mittelbau der Bank verhasst. Das war von Hamburg bis nach Zürich in die Wirtschaftsredaktionen durchgesickert. Anfragen von Korrespondenten wurden Wochen später beantwortet, Korrespondentinnen musterte er mit arroganter Miene von Kopf bis Fuß. Im Klub der Wirtschaftsjournalisten erregte die Arroganz desselben Witz und Spott: »Arroganz ist die hohe Kunst, auf die eigene Dummheit stolz zu sein.« Bei dieser Definition wussten alle, wer gemeint war. Franck war das zwar bei einem Essen im Übersee-Club zu Ohren gekommen, aber ein Personalaustausch kam für ihn nicht in Frage.

Wie der Krupp-Konzern unter Berthold Beitz, so war auch die Weinheim Bank unter Sebastian Franck bei näherem Hinsehen nichts anderes als die Doppelmonarchie zweier Großbürger. Das imposante Hauptgebäude, errichtet im Stil der späten Kaiserzeit, hatte die Feuerstürme britischer Bomberflotten überlebt. Die Großzügigkeit des Treppenhauses, die mit Marmor und Holz vertäfelten Flure, die Samt- und Seidenvorhänge, die Porträts aus sieben Bankiersgenerationen und die Marinebilder mit Drei- und Viermastern vor Kapstadt, auf dem Atlantik und im Ärmelkanal aus dem 18. und 19. Jahrhundert vermittelten Kunden eine Aura von Verlässlichkeit und Solidität. Das war das Pfund, mit dem die Privatbank seit 1770 wucherte.

Seinen Sohn betrachtete Franck seit dessen Kindheit als Thronfolger. Er hatte eine solide Ausbildung genossen und nach Ablauf der ersten beiden Jahre als neuer Chef des Hauses waren sein Vater und neutrale Beobachter überzeugt, dass Franck junior das Zeug habe, Mitarbeiter zu führen und die Kapriolen der Finanzmärkte zu durchschauen. Von der Last des Tagesgeschäfts befreit, hoffte Franck, sich seinem Lieblingsphilosophen Montaigne, seiner riesigen Bibliothek und dem baulichen Mäzenatentum widmen zu können. Golf spielen war ihm der bessere Spaziergang. Francks Gesellschafter Dave Weinheim hing indessen nicht an überkommener Familientradition. »Studiert, wozu ihr Lust habt«, hatte er gesagt. Seine Töchter hatten in anderen Disziplinen ihr Glück gefunden, vom Bank- und Finanzwesen wollten sie absolut nichts wissen.

Am 17. Januar hatte Sebastian Franck in seinem Arbeitszimmer mit dem weißen Kamin am Schreibtisch gesessen, um die jüngste Korrespondenz mit einer Flensburger Reederei nachzulesen und um à jour zu bleiben. Der Kredit belief sich auf einen hohen zweistelligen Millionenbetrag. Das weiße dreistöckige Bürgerhaus – keine zweihundert Meter neben ihrer Bank, erbaut nach dem großen Brand von 1842 – hatten Franck und Weinheim zu ihrem geschäftlichen Altenteil auserkoren.

Sein Handy summte. Es meldete sich der Pförtner am Haupteingang des Bankhauses. »Herr Franck«, die Stimme des Pförtners zitterte vor Erregung, »hier ist 'ne Menge Polizei, ein Dutzend Steuerfahnder und ein Staatsanwalt. Ich musste die alle reinlassen.

»Bleiben Sie ruhig«, antwortete der Bankier. »Ich bin schon auf dem Weg.«

Ohne Mantel in der Kälte vor dem Eingang stehend, informierte ihn der Justiziar: »Die Staatsanwaltschaft Düsseldorf inszeniert die Durchsuchung der Bank. Ein Staatsanwalt befehligt die Fahndungskompanie. Der Herr besteht auf Öffnung aller Kellerräume. Alles wird gefilmt. Presse und Fernsehen werden bestimmt gleich hier auftauchen. Wir sollen einige Hundert Millionen Steuern hinterzogen haben. Mit Dividendenstripping. Sie wissen doch, Herr Franck, unsre alte Dienstleistung für Ausländer, die sich heute Cum-Ex nennt.«

Betroffen waren auch die Räumlichkeiten des Aufsichtsrats im Altenteil nebenan. »Sie können hier alles durchsuchen und mitnehmen. Aber ich will es wiederhaben.« Der alte Herr öffnete nacheinander die Schubladen seines Schreibtisches und deutete auf den Aktenstapel auf dem runden Mahagonitisch, der dort eigentlich für gemütliche Teestunden platziert war. »Die Bank und ich haben nichts zu verbergen«, sagte er zu zwei Polizisten, die gerade in einem Umzugskarton seine ledergebundenen persönlichen Tagebücher aus zwei Jahrzehnten zur Treppe schleppten.

Damals ahnte er noch nicht, wie Staatsanwaltschaften und Medien kooperieren. Er besaß weder die Vorstellungskraft noch die Fantasie, dass seine täglichen Schriftzeugnisse über familiäre Erlebnisse, seine

Einschätzung von Mitarbeitern und Geschäftspart-
nern, seine Finanzierungsmodelle und seine Treffen mit
Politikern auf der Stelle zu einer infamen Kampagne
zusammengeschmiedet werden sollten, die nicht nur
ihn und sein Lebenswerk, sondern auch die Existenz
der Bank in Frage stellen würde.

Der Justiziar, die herbeigerufenen Anwälte befreun-
deter Steuerrechtskanzleien und ein Wirtschaftsprüfer
fanden sich nachmittags in Francks Besprechungsraum
ein, um den Durchsuchungsbescheid zu analysieren.
»Das Recht ist auf unserer Seite.« Mit diesen Worten
begrüßte Franck die Runde. »Wir haben die Aktien von
den Briten immer brutto erworben. Die Primus Bank
hat die Kapitalertragssteuer abgeführt. Sie war deutsche
Depotbank der Londoner Broker und für uns.«

Sein alter Freund, der Wirtschaftsprüfer Moses
Sokol, bestätigte seine Worte: »Die Finanzbehörde hat
seit Jahren keinen einzigen Einwand erhoben, sämtliche
Geschäftsberichte akzeptiert.«

Die Runde schien guter Dinge, bis der Hausjustiziar
das Wort ergriff: »Dieser Staatsanwalt redet ständig von
Cum-Ex. Sie tun, als wären wir die einzige Bank, die mit
Cum-Ex Geld verdient hat. Unrechtmäßig. Ich fürchte,
wir werden publikumswirksam ans Kreuz genagelt,
damit man Landesbanken und Primus Bank laufen lassen kann.«

Ganz gegen seine charmant verbindliche Natur legte
der Justiziar äußerste Besorgnis an den Tag: »Ich meine,
dahinter steckt Strategie. Die trojanischen Pferde der

Politik veranstalten zusammen mit den trojanischen Pferden der Primus Bank ein Derby. Die Primus Bank, die Damen und Herren der BaFin, der Herr Landesjustizminister in Düsseldorf und die Herrschaften im Göring-Ministerium in Berlin haben sich abgesprochen: Lasst uns diese Mini-Privatbank publikumswirksam vor Funk und Fernsehen schlachten. Dann kümmert sich niemand mehr um die heimliche Subvention der Landesbanken. Kein Mensch wird über unsere Politiker reden, die Cum-Ex und all die kriminellen Varianten zu verantworten haben.«

Die Runde klopfte Beifall und Franck erinnerte sich an sein Treffen mit dem Bonner Finanzaufseher Schacherl zurück.

Franck erhob sich: »Jedes öffentlich gesprochene Wort kann uns zum Strick gemacht werden. Ich danke Ihnen. Wir treffen uns morgen wieder.« Während der Letzte hinter sich die Tür schloss, hatte er sein Treffen mit dem Direktor der Bonner Finanzaufsicht BaFin wieder genau vor Augen. »Mit Cum-Ex werd ich Sie fertigmachen«, hatte der ihm zum Abschied zugeworfen.

Punkt zwei der morgendlichen Rundfunknachrichten war die Hausdurchsuchung bei der Hamburger Traditionsbank: Sie habe mit Cum-Ex-Steuerbetrug vermutlich dreistellige Millionensummen ergaunert. Franck hatte inzwischen gelernt, was unter »Toskana-Fraktion« zu verstehen war: nämlich rechts Kaviar schlürfen und links Politik machen. Die Toskana-Fraktion im deutschen Journalismus meldete in ihren

Presseorganen Gleiches, nur eben mit Unterstellungen ausgewalzt. Am Freitag zog die *Wochenzeitung* über drei Seiten lang nach, illustriert mit einem hämischen Foto von Franck. »Was kommt da noch?«, dachte er missmutig und genervt.

Ja, er war mittlerweile wohl ohnehin die unbeliebteste Person in der deutschen Bankenszene. Für gewöhnlich übernachtete er während seiner Berlin-Aufenthalte im InterContinental Berlin, diesmal aber im Mariott am Tiergarten, von wo aus er bei warmem Wetter zu Fuß an der russischen Botschaft und dem Reiterdenkmal Friedrich II. vorbei über die Museumsinsel zum Bankenverband in die Burgstraße ging. Dabei amüsierte es ihn immer wieder, dass ausgerechnet der »Bundesverband Geldwäscheprävention« in Sichtweite residierte.

Tagte das erlauchte Präsidium des Bankenverbands und hatte er ein kleines Zeitfenster frei, so ließ es sich Franck nicht nehmen, dort Kritik an der ultralockeren Geldpolitik der Europäischen Zentralbank zu äußern. »Die hier anwesenden Finanzinstitute und die hier leider tonangebenden Investmentbanker unterstützen nun schon seit Jahren das, was als Nullzins beschönigt wird. Aber das ist ein teuflisches Wagnis.« Mit leiser Stimme fuhr er dann ein ums andere Mal fort: »Ohne Not hat sich die EZB auf unbekanntes Gelände begeben und finanziert mit ihrem nicht enden wollenden Ankauf von Anleihen wachsende Staatsverschuldung in Europa.«

Solch offene Worte mag kein Vertreter einer deutschen Großbank akzeptieren. Man gießt sich deshalb gegenseitig Kaffee nach, blickt zur Stirnseite des langen Besprechungstischs, wo üblicherweise die Vertretung der Primus Bank präsidiert und harrt der Entgegnung. Beim jüngsten Treffen war es die rot gelockte neue Vorständin Bette Garski, der die Düsseldorfer *Wirtschaftszeitung* aus Proporzerwägungen halbjährlich eine ganze Seite einräumt.

»Sie, Herr Dr. Franck, vertreten in Hamburg ein recht übersichtliches Haus«, sagte sie mit steifer Lippe. »Wir hingegen investieren in komplexe Finanzprodukte. Nur expansive Geldpolitik kann moderne Nachfrage befriedigen.« Die umsitzenden Herren und die wenigen Damen waren zufrieden. Bloß kein weiterer Wortwechsel, dachten die meisten. Doch weit gefehlt. Die nachhaltig geschminkte Volkswirtin inszenierte sich als Bußpredigerin: »Sie, Herr Dr. Franck, verfolgen das Einlagen- und Kreditsicherungsgeschäft – ich darf es hier unter uns mal sagen – wie vor Hunderten von Jahren. Wir aber sanieren und fusionieren Industrie. Und öfter, als man denkt, kümmern wir uns um Hedgefonds und Start-ups. Das nennt man heutzutage von Tokio bis an die Wall Street Investmentbanking. Das nennt man Fortschritt zum Nutzen einer globalisierten Wirtschaft.«

Von oben herab fuhr die Garski fort: »Wir sind keine eiskalten Opportunisten, wie sie uns nachsagen. Vielleicht ist Ihnen, Herr Doktor Franck, leider immer noch nicht bekannt, dass wir in Frankfurt die gleichen hohen Standards des Risikomanagements pflegen wie unsere

Freunde von der Credit Suisse in Zürich. Das alles wird Ihnen – glauben Sie mir, Doktor Franck – jede, aber auch jede der vier international tätigen Wirtschaftsprüfungsgesellschaften sofort bestätigen.« Wie die gestrenge Lehrerin vor der Schulklasse erntete sie zustimmendes Gemurmel. Alle Vertreter der drei großen Aktienbanken und die Verbandsfunktionäre waren erleichtert, schwiegen und lächelten sich zu.

»Namens der Weinheim Bank ein herzliches Dankeschön, gnädige Frau«, antwortete der alte Bankier. Das war in aller Augen ungezogen, ja eine Frechheit. Es war nun der Punkt erreicht, an dem der Streit eskalieren und echten Ärger zur Folge haben konnte. Das wollte Franck allerdings vermeiden. Mit ruhiger Stimme fuhr er fort: »Wir wissen hier und heute, welche Gefahren die Aufhebung des Glass-Steagall-Acts mit sich gebracht hat: Nichts als scheußliche Skandale und verheerende Kaskadeneffekte wie 2007, sobald die hauseigenen Kontrollen und unsere Wirtschaftsprüfer nicht mehr funktionieren. Was hindert uns, aus Schaden klug zu werden? Nur das schnelle Geld? Wir in Hamburg sind altmodisch, wir wünschten uns die Rückkehr zum Trennbankensystem.«

»Sind Sie am Ende? Herr Dr. Franck?«, unterbrach ihn die Primus-Bankerin eisig.

»Nein, keineswegs, gnädige Frau«, erwiderte er.

Gerade die wortlose Feigheit der übrigen Anwesenden forderte Franck heraus: »Der Niedrigzins ist seit jeher Anreiz zu riskanten Investitionen. Unsere Vorfahren,

Großeltern und Eltern wussten das alles längst aus den Finanzkrisen von 1764, 1873, 1929 und vorgestern. Jeder hier im Raum, jeder in unserer Interessenvertretung hat in jüngster Zeit die Zombifizierung von Großunternehmen, ja von Banken aus nächster Nähe miterleben müssen. Warum protestieren wir nicht gemeinsam gegen das Nullzins-Mantra der EZB? Haben wir nichts aus der Geschichte der Finanzkrisen gelernt?«

Wie gewohnt folgte längeres Schweigen.

Franck erhob sich, strich sich über die graue Flanellweste und korrigierte seinen gestreiften blauen Schlips. »Die EZB programmiert politisch untragbare, dauerhafte Inflation in Deutschland und ganz Westeuropa«, unterstrich er. »Schlussendlich wird die EZB bei zehn Prozent doch gegensteuern müssen und dann erweisen sich alle Niedrig- und Nullzins-Staatsanleihen als Schrott. Haben wir immer noch nicht aus der Subprime-Krise gelernt?«

Franck verließ den Raum.

»Das ist heute nicht Thema«, rief ihm die präsidierende Bankerin nach. »Kehren Sie lieber vor ihrer eigenen Tür und kümmern sich um Cum-Ex.« Das hörte der alte Bankier glücklicherweise nicht mehr. »Erst verpestet er die Atmosphäre, dann haut er ab. Jedes Mal das Gleiche«, flüsterte die Primus-Bank-Managerin ihrer Beisitzerin zu, die den Eklat verblüfft verfolgt hatte.

Staunender Zeuge von Francks letztem Auftritt in den Hallen des Bundesverbands war der allseits wohlgelittene pensionierte Finanzrichter aus dem Dithmarscher

Dörfchen Ekel. Der freundliche kleine Herr entwarf auf Geheiß und für stilles Entgelt seitens der Wilhelmstraße nicht nur elementar wichtige Finanzgesetze – wie etwa das Jahressteuergesetz 2007 mit jener verschleierten Cum-Ex-Subvention zugunsten der Primus Bank und der Landesbanken –, sondern er fungierte auch als Horchposten des Bankenverbandes im Bundesfinanzministerium. Das war ein offenes Geheimnis bei all jenen, die ihn dafür entlohnten.

»Das ist ein nützlicher Zwerg«, amüsierten sich die Spitzenbeamten. »Wir signalisieren dem Wendehals unsere Intention und er meldet uns, was die Banken daran zu meckern haben.« So ließen sich mögliche Differenzen schon von vornherein ohne Presserummel vermeiden. Was besonders den parlamentarischen Staatssekretär im Finanzministerium wurmte, weil er nirgends Haken fand, sich in den Medien gegen die beamteten Staatssekretäre zu profilieren. Ihre eigene Verfahrenstaktik hielten die Spitzenbeamten für klug. Im Bundeskanzleramt hatte man – selbstredend – weder vom nützlichen Zwergjuristen noch den Intimitäten zwischen Finanzministerium und Primus Bank auch nur den blassesten Schimmer einer Ahnung.

Kapitel 9
Justitia

Am Rande der Altstadt, gegenüber der Kunstakademie, residiert sie im denkmalgeschützten Phoenix-Haus. Gleich neben dem Eingang weist ein großes Schild unübersehbar auf die Behörde hin: »Staatsanwaltschaft Düsseldorf«.

Mit 330 Mitarbeitern – Männer und zunehmend auch Frauen – ist sie eine der großen Staatsanwaltschaften Nordrhein-Westfalens. Jährlich werden hier 80 000 Ermittlungsverfahren bearbeitet, wie es stolz auf der Homepage heißt.

Wenn Martin Halbach aus seinem Büro schaut, blickt er hinüber auf die »längste Theke der Welt«, wie sich die Altstadt gerne selbst bewirbt. Besucht hat er sie schon seit Jahren nicht mehr. Das Gedränge ist nicht seine Sache. Der Prädikatsjurist hat im Zuge seiner steilen Karriere Raub, Mord und Totschlag längst hinter sich gelassen. Seine »Kundschaft«, wie er gerne ironisch anmerkt, komme nicht aus den Elendsquartieren und Betonwüsten sozialer Brennpunkte. Die Kriminellen, die er zur Strecke bringen will, haben keine Geldsorgen

wie der gemeine Durchschnittsbürger und Falschpar-
ker. Es sind die »Männer – und nicht nur – mit den
weißen Westen«, scheinbar ehrbare Bürger, die die
Gesellschaft, den Staat, als Gans betrachten, die die
berühmten goldenen Eier legt und sie zum Zugreifen
einlädt. Zumindest verstehen sie das Spiel so.

»Wissen Sie, ich habe da Typen erlebt, die mit einer
Chuzpe und Kaltblütigkeit zu Werk gehen, die jeden
Mafiakiller in den Schatten stellt.«

Oberstaatsanwalt Halbach hat heute seltenen Besuch:
Dank einer intimen Empfehlung der Pressestelle gelang
es einer jungen Reporterin, den Weg in sein Büro zu
finden. »Es bleibt aber wirklich alles ›unter drei‹«, hatte
der Leiter der Pressestelle sie ermahnt. »Alles klar«,
hatte Susanne Beretta gelacht. »Verstehe: Keine Quel-
len, keine wörtlichen Zitate. ›For your eyes only‹, wie bei
James Bond.« Halbach hasste im Grunde diese Art von
Öffentlichkeitsarbeit, sie raubte ihm die Zeit und hielt
ihn von seinen eigentlichen Aufgaben ab. Lieber hielt
er einen Vortrag vor Fachpublikum oder – wenn es den
unbedingt sein musste – auch vor Abgeordneten und
Ministern. Die entschieden zumindest über den Etat
seiner Behörde, und der konnte gar nicht hoch genug
sein, wie er gerne scherzte.

Die »gemeine Presse« war ihm dagegen nicht die Zeit
wert, die diese Reporter forderten. Halbach hatte da ein
klares Vorurteil, das er auch gerne pflegte.

»Aber Herr Oberstaatsanwalt«, hatte die neue Lei-
terin der Pressestelle am Telefon geschmeichelt, »Sie

wissen doch, wir arbeiten nicht im luftleeren Raum und wir brauchen auch die Öffentlichkeit. Die Leute sollen doch auch sehen, was wir hier tun. Und Sie leisten da doch mit Ihrer Cum-Ex-Arbeit Außerordentliches, was wir gut verkaufen können. Die Reporterin, die ich Ihnen schicke, hat einen ausgezeichneten Ruf.«

»Das mag ja alles sein und es ist ja auch Ihre Aufgabe, uns nach außen zu vertreten. Aber muss es den ausgerechnet jetzt sein? Mein Schreibtisch und mein Terminkalender sind voll.«

»Ich weiß, aber wann wären die das denn nicht? Warten Sie ab, ich glaube, die junge Dame wird Ihnen zum Schluss noch recht sympathisch sein, und wundern Sie sich nicht, wenn sie sich auch schon zu Ihnen und zu Cum-Ex eingelesen hat«, flötete sie und legte auf.

Martin Halbach schaute auf die Uhr. In fünf Minuten sollte die Pressefrau bei ihm Termin haben.

»Na, pünktlich wird *die* nicht sein. Kommt garantiert zu spät, wie alle Journalisten. Warum also die Arbeit unterbrechen?«

Er griff gerade wieder zu dem Papierstapel auf seinem Tisch, als es an der Tür klopfte. Gleich darauf schob sich ein freundliches Frauengesicht durch den Türspalt.

»Herr Oberstaatsanwalt Halbach? Susanna Beretta von der *Wochenzeitung* aus Hamburg.«

»Halbach reicht«, grummelte er zurück. »Sie sind ja überpünktlich.« Gleichzeitig machte er eine kurze Handbewegung, die sie zum Eintreten lud. »Es hieß, Sie kommen aus Köln, stimmt das nicht?«

»Doch, schon richtig. Ich arbeite da in der Landes-
redaktion NRW. Aber das zu erklären klingt immer
gleich kompliziert und wir erscheinen ja in Hamburg.
Das hört sich doch auch in Düsseldorfer Ohren viel
besser an als Köln ...« Eine Anspielung auf den alten
Lokalkonflikt.

»Ach, damit habe ich nichts am Hut – ich komme aus
Norddeutschland.«

»Ja, habe ich gelesen. Examen an der Uni Hannover
und dann nach NRW in den Justizdienst. Düsseldorf ist
ihre dritte Staatsanwaltschaft.«

»Na, Sie wissen ja, auch Zwerge haben mal klein
angefangen. Aber ich bin relativ schnell hier gelandet
und hier bin auch gut aufgehoben. Egal was anliegt, die
Aufgaben hier sind einfach anspruchsvoll und das habe
ich als Jurist immer gesucht.«

»Ehrgeizig sind Sie schon, sagt man Ihnen nach.«

»Wer ist ›man‹, haben Sie sich nach mir erkundigt?«

»Natürlich, ich fahre doch nicht unvorbereitet zu so
einem Gespräch.«

»Was wollen Sie denn überhaupt wissen? Mir wurde
nur gesagt, es ginge um ›Cum-Ex‹ ...«

»Ja, und um den Staatsanwalt, der den Bankern auf
die Finger klopft. Sozusagen die ›Geschichte hinter der
Geschichte‹.«

Während der ersten Sätze war die Reporterin schon
unaufgefordert eingetreten. Martin Halbach störte es
offensichtlich nicht. Zwischen den beiden hatte sich
eine entspannte Atmosphäre entwickelt. Unwillkürlich

hatte Martin Halbach seine ursprüngliche Ablehnung gegen die »Pressetante« bereits abgelegt. Er selbst war am meisten darüber überrascht, denn Selbstbeherrschung und Selbstkontrolle waren Tugenden, auf die er seit frühester Jugend ganz besonderen Wert legte.

Mit seinem streng zurückgekämmten graumelierten kurzen Haar und seiner randlosen Brille machte er ohnehin einen eher reservierten, manche sagten auch spröden, ersten Eindruck. Dass Halbach im Gespräch durchaus auch Charme und Witz versprühen konnte, wussten nur die wenigsten seiner dienstlichen Gesprächspartner. »Und das ist auch gut so«, zitierte er dann gerne einen bekannten Regierenden Berliner Bürgermeister.

Einer dieser wenigen Anlässe war ein Juristenball gewesen, den er vor drei Jahren noch zusammen mit seiner Frau besucht hatte. Es war ein fröhlicher Abend gewesen, den beide sehr genossen hatten und bei dem sich auch Stoff zu Gesprächen mit vielen seiner Kolleginnen und Kollegen ergab, die Themen weitab von Recht und Justiz behandelten. Da konnte auch die Gattin mithalten, die als juristische Laiin sonst eher den zuhörenden Part gab. Der Wirtschaftsprüferin war das juristische Parkett zu glatt, als dass sie dort mit eigenen Meinungen glänzen wollte, genau wie auch er sich vor ihren Kollegen zurückhielt. Aber das fiel ihm ohnehin nicht schwer. Erstens fand er das Sachgebiet seiner Frau nicht sehr attraktiv und zweitens stand er ungern im Mittelpunkt des öffentlichen Interesses.

Warum ihm dieser Abend gerade jetzt in Erinnerung kam? Er hatte keine Zeit, dem Gedanken nachzuhängen, und außerdem war es sowieso müßig. Martin und Corinna Halbach waren seit zwei Jahren kein Paar mehr und seit einem Jahr »glücklich geschieden«, wie beide immer wieder bekundeten.

Mittlerweile hatten es sich Halbach und seine Besucherin im Büro des Oberstaatsanwalts gemütlich gemacht – im Rahmen der Möglichkeiten, die ein deutsches Beamtenbüro eben so bietet. Beide hatten sie sich an dem runden Tisch platziert, der sonst für ›Dienstbesprechungen‹ im kleinen Kreis vorgesehen war.

»Einen Cappuccino könnte ich Ihnen anbieten. Auch wir haben hier inzwischen das Genussstadium des deutschen Filterkaffees überschritten, auch wenn es noch an einem begabten Barista unter meinen Mitarbeitern fehlt. Immerhin: In meiner Abteilung arbeiten jetzt dreißig Staatsanwälte, das Land hat neue polizeiliche Ermittlungsgruppen eingerichtet und die Bundesrepublik hat die Verjährungsfrist für Steuerstraftaten verlängert.«

»Na, dann haben Sie in den letzten Jahren ja doch einiges bewegt«, schmeichelte ihm Susanna Beretta.

»Wenn ich auf die Anfänge zurückschaue, stimmt das sogar.« Er lächelte stolz. »Rund 1500 Verdächtige haben meine Leute und ich heute im Visier. Unter ihnen die ganz Großen der bundesdeutschen und auch der europäischen Finanzwelt. Sie haben den deutschen Steuerzahler um mindestens zehn Milliarden Euro betrogen.

Und als ich anfing, war nicht einmal sicher, dass es sich bei den Geschäften der feinen Herren – kaum zu glauben, es sind wirklich fast ausschließlich Männer«, schob er spontan ein –, »dass es sich bei diesen Machenschaften tatsächlich um Straftaten handelt.

Ich hatte da 2013 ein paar Akten von einer Kollegin ›geerbt‹, die mehr an ihrer Work-Live-Balance denn an ihrer Karriere interessiert war. Cum-Ex sagte mir gar nichts. Ich fand es auch nicht so sonderlich interessant, im Gegenteil – stinklangweilig, um genau zu sein. Wer vermutet hinter Dividendenausschüttung schließlich schon was Kriminelles. Ich habe dann auch mal meine Frau gefragt. Die wusste zumindest, was Cum-Ex bedeutet, konnte mir aber auch erst einmal nicht weiterhelfen.

Die Strukturen sind hochkomplex, und Sie brauchen schon eine ziemliche Nase, damit Sie darauf kommen, dass da etwas stinkt. Wissen Sie: Mord ist einfach. Da liegt einer in einer Blutlache auf dem Teppich – Loch in der Brust. Klar, da ist jemand geschädigt – sieht ein Kind. Aber Aktien bluten nicht.

Oder noch besser: Bankraub – vielleicht erinnern Sie sich –, da war klar, wer Opfer und wer Täter war. Aber bei Cum-Ex, da hat sich das Finanzamt – also, in unserem Bild, die Bank – freiwillig berauben lassen und hat das zeitweise sogar noch für rechtens gehalten. Irre, was?«

Martin Halbach war bei seinem Thema angelangt, und er musste sich sehr zusammenreißen, dass er nicht von der eigenen Begeisterung über sich und das Durchschaute mitgerissen wurde.

»Ich stand damals alleine da: Jurist, keine Ahnung von Wirtschaft, von Aktien – außer dem, was ich im Wirtschaftsteil der *Frankfurter Allgemeinen Sonntagszeitung* gelesen habe.«

»Und Ihre Frau?«

»Na, so oft haben wir uns über unsere Fachgebiete nicht ausgetauscht und, wie gesagt, Cum-Ex war auch kein Thema für sie. Und trotzdem hat sie mir den entscheidenden Tipp gegeben.«

»Jetzt bin ich aber mal gespannt. Sie sagten doch …«

»Schon – keine Ahnung – und ihr Tipp war auch so simpel, ich hätte selbst draufkommen müssen. Können Sie übrigens gerne verwenden, es ist eine schöne Geschichte: Wie gesagt, ich hatte Akten, es gab Anfangsverdachte, es gab Ermittlungen – aber alles noch sehr unschuldig. Doch dann flatterten mir Briefe auf den Tisch. Briefe von großen, wichtigen Anwaltskanzleien – insbesondere aus Frankfurt. Im Tenor waren sie alle gleich – als hätten diese hochbezahlten Jungs am Main voneinander abgeschrieben. Zunächst ein paar Worte des allgemeinen Bedauerns, dass sich die so vielbeschäftigte Justiz mit dieser Lappalie auseinandersetzen müsse, dann die Beteuerung der Unschuld des jeweiligen Mandanten und zum Schluss das Angebot einer gütlichen Einigung. Man schlug einen Vergleich vor und signalisierte die Bereitschaft, eine gewisse Summe zu zahlen.«

»Manche Ihrer Kollegen wäre bestimmt gerne dazu bereit gewesen!«

»Wenn ich ehrlich bin, ich auch. Endlich wären diese Langweiler-Akten – im wahrsten Sinne des Wortes – vom Tisch gewesen. Aber dann wüssten wir bis heute nicht, wie diese … Nein, ich sag es nicht! … uns weiter hinter die Fichte geführt hätten. Wahrscheinlich täten sie es heute noch! Nachdem aber die Briefe aus Frankfurt nicht mehr zu übersehen gewesen waren, habe ich meiner Frau auf einem Sonntagsspaziergang davon erzählt. ›Getretene Hunde bellen‹, meinte sie lapidar. ›Du hast wohl, ohne es zu ahnen, in ein Wespennest gestochen.‹«

Martin Halbach richtete sich hoch auf, drückte das Kreuz durch.

»Wenn Sie so wollen, hat ›Kommissar Zufall‹ die Sache ins Rollen gebracht. Und mittlerweile hat auch der Bundesgerichtshof entschieden, dass Cum-Ex den Tatbestand der strafbaren Steuerhinterziehung erfüllt.«

»Die internationale Razzia von 2014 hat Sie dann ja – kann man so sagen – weltweit bekannt gemacht!«

»Beim Anfangsverdacht ging es ja bereits um einen Schaden von 460 Millionen, und schon da wurde mir schwindelig. Ich habe mich dann mit Fahndern aus dem LKA zusammengetan. Bald hatten wir eine Gruppe von rund dreißig Verdächtigen, die weltweit ihre Geschäfte betrieben. Nur: Wie sollten wir die Beweise sichern? Ich sagte: ›Na, dann müssen wir eben durchsuchen.‹«

»Na, klar!«

»Nee, gar nichts war klar. Wir haben ein Jahr Vorbereitung gebraucht. Brauchten Ermittler rund um den Erdball zur Unterstützung. Im Oktober 2014 war es dann so weit: Die Einsatzzentrale im Düsseldorfer Landeskriminalamt war eingerichtet. Das sind gewöhnlich so fünf bis sieben Kolleginnen und Kollegen. Als ich an diesem Tag den Raum betrat, waren es fast einhundert! Das werde ich nie vergessen – ganz großes Kino. In vierzehn Ländern haben Kollegen auf unser ›Go‹ gewartet. Damit keiner jemanden warnen konnte, sollten die Durchsuchungen zeitgleich starten: weltweit in 130 Gebäuden!

Auf den Kaiman-Inseln, in London, in Luxemburg und sonst wo auf der Welt öffneten die Fahnder die Archive der Cum-Ex-Mafia. Doch der vielleicht wichtigste Fund kam aus einem kleinen Ort bei Frankfurt. In Egelsbach hatte die Kanzlei ihr Archiv. Als die Beamten anrückten, zeigte sich das Personal wenig kooperativ, spielte auf Zeit. Na, dann habe ich mit einer Hundertschaft Bereitschaftspolizei gedroht, die das Unterste zuoberst räumt, und ›Simsalabim!‹ öffnete sich Aladins Räuberhöhle für uns. Noch am selben Abend fuhr ein LKW mit zwölf Paletten Akten vor dem LKA vor. Große Freude, kann ich Ihnen sagen.«

»Aber Schlüsselfigur Meinhard Kellner war damals schon in der Schweiz, richtig?«

»Und gab zunächst noch fleißig Interviews. Ein Skandal sei das und sie hätten ganz legal gehandelt. Frage ich mich: Warum ist er dann schon zwei Jahre in der Schweiz, als wir seinen Stall ausmisten?«

Halbach hielt inne und fuhr sich in Gedanken selbst in die Parade. »Unprofessionell«, mahnte er sich. »So darfst du dich nicht hinreißen lassen, schon gar nicht vor einer Journalistin!«

Er versuchte, die Sache etwas herunterzufahren. »Sie sehen«, setzte er hinzu, »kalt lässt mich das Thema bis heute nicht. Kellner hatte schon eine ziemliche kriminelle Energie. Er und seine Kunden sahen sich nicht mehr als Mitglieder der Gesellschaft. Sie glaubten, über allem zu stehen – auch über dem Gesetz. Dabei war er als Bankenprüfer im Staatsdienst gefürchtet gewesen – hat dort aber wohl seiner Ansicht nach zu wenig verdient, die Seiten gewechselt und fortan den Reichen in dieser Gesellschaft geholfen, noch reicher zu werden.«

»Aber Kellner hat sich doch darauf berufen, nur Gesetzeslücken auszunutzen, die der Gesetzgeber nicht geschlossen habe. Und deswegen habe er legal gehandelt.«

»Noch viel schlimmer: Als ich mit den Ermittlungen angefangen habe, gab es tatsächlich kein einziges Urteil, das Cum-Ex für illegal erklärt hätte. Es gab sogar Fachaufsätze namhafter Koryphäen aus der Branche, die alles reingewaschen haben. Wie gesagt: Wenn der Gesetzgeber Schlupflöcher lässt, dürfen die ausgenutzt werden. Das mag ja legal sein, aber ist es auch legitim? Bezweifele ich doch stark – damals und erst recht heute!

Und glauben Sie mir: Auch Kellner hat nur so cool getan. Im Grunde wussten er und seine Spezis, was sie da anstellen. Und als sie merkten, dass wir ihnen auf der Spur waren, lagen ihre Neven schnell blank. Ich darf ja

nicht aus den Ermittlungsakten zitieren, aber wir haben
ja auch die Handys der Verdächtigen angezapft. So viel
immerhin sei gestattet: ›Schöne Scheiße‹, nannte Kellner unsere Erfolge.

Wir haben uns durch die Aktenberge gequält und
es wurde immer klarer, welch riesiges Netzwerk mit
Tausenden Beteiligten aus der Finanzbranche wir
da freilegten: welche Banken sich aktiv an Cum-Ex
beteiligt haben, wer initiiert, wer geworben hat und so
weiter. Aber das reichte natürlich noch nicht aus: Wir
brauchten Aussteiger, Kronzeugen. Es war wie in einem
schlechten Drehbuch.

Ich hatte an diesem Tage mehrere Meetings gehabt,
hatte Mitarbeitergespräche und saß nun am Abend wieder einmal vor den Auswertungen meiner Mitarbeiter,
suchte den Schlüssel, wie ich das System Cum-Ex knacken
könnte. Alle anderen Kollegen waren längst gegangen, ich
nahm mir die Zeit und las in den Unterlagen. Plötzlich
klingelt mein Handy. Auf dem Display ›Anonym‹.

›Ja, bitte …‹

›Spreche ich mit Oberstaatsanwalt Halbach?‹

›Ja, und mit wem habe ich das Vergnügen?‹

›Das tut hier am Telefon zunächst nichts zur Sache.
Aber ich möchte Ihnen helfen. Cum-Ex ist wirklich eine
Riesensauerei, und ich war jahrelang daran beteiligt.‹

Plötzlich war ich sehr, sehr wach.

›Ja, und … was machen wir jetzt?‹

›Ich bin gerade in Köln und würde Sie heute Abend
gerne treffen.‹

›Spielen wir jetzt *Tatort* miteinander?‹

›Nicht so ganz, ich will Sie ja auch nicht in eine dunkle Gasse locken. Was halten Sie von der Bar im Excelsior Ernst Hotel? Da gibt es einen kleinen Nebenraum. Ich werde dort in einer halben Stunde sitzen und auf Sie warten.‹

Sie können sich vorstellen, was ich zuerst dachte: Da will dich einer verarschen. Aber dann zog mich der Gedanke immer mehr an. Wieso denn nicht? Was hatte ich zu verlieren – und dann noch in einem seriösen Hotel im Stadtzentrum? Kennen Sie das Hotel? Die Bar ist ganz plüschig, und da es noch früh am Abend war, waren wenige Gäste anwesend. Das Seitenzimmer sah sogar leer aus – auf den ersten Blick.

Dann sah ich ihn – ich kannte das Gesicht von vielen Observationsfotos.

›Guten Abend, Herr Halbach – vermute ich?‹

›Sie vermuten richtig, Herr Sondey!‹

›Oh, Sie kennen mich von Angesicht?‹

›Ja, die Fotos von Ihnen sind mir bekannt. Weiß Herr Kellner, dass wir uns treffen?‹

›Nein, aktuell nicht und ich wäre auch dankbar, wenn er es so schnell nicht erfahren würde.‹

Die ganze Situation, seine Körpersprache – alles deutete darauf hin, dass sich da einer reinwaschen wollte, den Weg vom Saulus zum Paulus suchte.

›Ich höre, Sie kommen mit Ihren Ermittlungen gut voran?‹, versuchte Sondey vorsichtig das Gespräch zu eröffnen.

›Mühsam, aber nicht ohne erhellende Momente‹, wich ich aus. ›Ihrem Partner in der Schweiz scheint inzwischen aber ganz schön die Hose zu flattern ...‹

›Woher wollen Sie das wissen?‹ Sondeys Miene verhärtete sich.

›Meine Kollegen aus der technischen Aufklärung – wie wir das nennen – hören fast alles, was sie wollen. Auch Herrn Kellner ...‹

›Das hatte ich befürchtet. Und darum ist es gut, dass wir uns treffen. Danke für Ihre Zeit!‹

›Was haben Sie anzubieten?‹

›Das fehlende Puzzleteil ...‹

›Wie darf ich das verstehen?‹

›Ich vermute, Ihr fleißiges Studium der konfiszierten Akten hat Ihnen eine gute Außensicht auf die Problematik geliefert. Ich bringe Ihnen die Innensicht!‹

›Und das bedeutet?‹

›Ich kann Ihnen sagen, wie die ganze Cum-Ex-Bande getickt hat. Denen war nämlich wirklich egal, dass sie den deutschen Steuerzahler beschissen haben. Die fühlten sich als etwas deutlich Besseres, als die wahren Herrscher der Republik, die wahre Oberliga. Professoren zu finden, die Cum-Ex in Aufsätzen rechtfertigten, war kein Problem. Unsere Honorare waren gut – manchmal sogar sensationell. Andere haben uns gute Drähte in die Politik verschafft. Das Bundesfinanzministerium stand uns weit offen, wenn wir nur wollten.‹

›Sie meinen, die vermeintlichen Gesetzeslücken, die Ihr Partner so gerne beschwört und die nicht geschlossen wurden – dahinter könnte Absicht stecken?‹

›Vielleicht sind sie sogar mit Absicht da hineingeschrieben worden‹, sagte Sondey in verschwörerischem Tonfall. ›Das zu beweisen dürfte allerdings nahezu unmöglich sein.‹

›Wir sollten unsere neue Partnerschaft nicht gleich mit so absoluten Zielen belasten‹, versuchte ich ein wenig zu scherzen. ›Sagen Sie mir zunächst eines: Was wollen Sie?‹

›Ihnen helfen, diesen ganzen Wahnsinn zu einem Ende zu bringen!‹

›Sie sind ein wahrer Menschenfreund, ich ahnte es. Was wollen Sie wirklich!‹

›Paragraf 46b StGB.‹

›Ach, die Kronzeugenregelung – aber ins Zeugenschutzprogramm wollen sie nicht auch noch – oder?‹, lästerte ich.

›Umso tiefer Sie graben werden, Herr Halbach, würde ich auch diesen Gedanken nicht ausschließen. Zunächst aber wäre die Zusicherung der Kronzeugenregelung für mich schon eine Beruhigung.‹ Da hat der Sondey plötzlich sehr ernst geklungen.«

»Das ist ja ein richtiger Krimi, lieber Herr Halbach.« Susanna Beretta glaubte sich bei so viel Vertraulichkeit auch Ihrerseits einen vertrauten Ton erlauben zu können.

»Ja, es hört sich wirklich wie ein Krimi an. Und Sondey war nur der Erste. 2017 war ich stark damit beschäftigt, die Informationen der ›Überläufer‹ zu dokumentieren. Einer nach dem anderen kam aus seinem Loch gekrochen – nur schreiben Sie es bitte nicht so. Ich werde keines meiner Zitate autorisieren.«

»Das heißt, das Gespräch, das wir hier führen, hat offiziell so nicht stattgefunden?«

»Natürlich nicht! Wie lange sind Sie denn schon in dem Gewerbe? Ich habe Ihnen hier Hintergrundinformationen geliefert, damit Sie die Zusammenhänge begreifen, nicht damit Sie mich an die Öffentlichkeit zerren. Dann bin ich verbrannt und werde in Zukunft meine Aufgabe kaum mehr so erfolgreich lösen können, wie mir das in den letzten Jahren möglich war. Aber Sie und Ihre Veröffentlichungen können Dinge, Fakten nach draußen tragen, die ich selbst nicht sagen kann, weil sie entweder jetzt noch nicht oder überhaupt nie beweisbar sein werden.

Doch möchte ich Ihnen gegenüber noch etwas mehr aus dem Nähkästchen plaudern. Wie ich Ihnen bereits gezeigt habe, waren die Leute, die Cum-Ex betrieben haben, sehr gut vernetzt. Dieses Phänomen haben Sie auch bei dem, was gemeinhin ›organisierte Kriminalität‹ genannt wird. So, jetzt ist es raus! ›OK‹ – organisierte Kriminalität – das ist Cum-Ex!«

Gerade noch konnte Martin Halbach unterdrücken, dass sich seine Stimme überschlug, so sehr erregte ihn das Thema wieder einmal.

»Und hören Sie sich das noch an: Wir haben herausbekommen, dass 2002 der Bundesverband Deutscher

Banken an das Bundesfinanzministerium geschrieben und davor gewarnt hat, dass bei bestimmten Geschäften der Staat mehr Steuern zurückerstatte, als er eingezahlt bekomme! Da solle man doch mal über eine Regelung nachdenken. Logisch, oder? Ein Warnhinweis an den Staat: Du wirst beklaut! Man kann aber auch anders argumentieren: Wir sehen für die Banken, die mitmachen, ein Haftungsrisiko! Und davor müssen wir unsere Leute schützen. Schon sieht die Welt ganz anders aus – richtig?«

»Und was sagt der Bankenverband?«

»Der bestreitet diese ›bösartige‹ Interpretation natürlich. Im Ministerium hat der Brief damals übrigens nur Kopfschütteln ausgelöst. Die wussten mit der Info nichts anzufangen. Ich will Sie jetzt nicht mit Details langweilen. Zwei Jahre später macht sich dann ein Finanzrichter an die Formulierung eines Gesetzentwurfs zum Thema. Nicht gerade Lichtgeschwindigkeit – aber immerhin. 2007 fließen die Vorschläge des Bankenverbandes fast ungefiltert in den Gesetzentwurf ein. Ergebnis: Cum-Ex über das Ausland ist weiterhin möglich. Und jetzt kommt's.« Die Stimme des Staatsanwalts überschlägt sich fast, als er fortfährt: »Das Gesetz hat im Ergebnis genau das Gegenteil von dem erreicht, was es sollte. Schwierig, da an Zufall zu glauben – oder?«

»Und Ihre Arbeit?«

»Na, jedes Institut hat zunächst einmal Kooperation angekündigt. Wenn wir aber kamen, dann saß schon eine Horde Anwälte der Banken da. Gerne im

Verhältnis eins zu zehn. Hat uns aber nicht irritiert. Dann der nächste Schritt: Die Banken wollen einen Deal. ›Wir zahlen eine Buße und ihr lasst uns laufen.‹ Hat ja oft genug geklappt, der Freikauf.

Doch ich stand auf dem Standpunkt: Kriminalität muss bestraft werden. Eine achtzigprozentige Gerechtigkeit gibt es nicht! Gleichzeitig geht das Geschäft über die ausländischen Banken weiter: erwarteter Schaden 12 Milliarden Euro! Die Alarmglocken schrillen. Wieder legen die Bankenverbände einen neuen Gesetzesvorschlag vor. Dumm nur, sie haben den Finanzrichter, der den ersten Vorschlag erarbeitet hat, aus dem Ministerium rausgekauft – für 80 000 Euro bezahlt ihn nun die Finanzbranche. Günstig – oder? Und nebenbei – wegen seines guten Renommees schätzte man seinen Rat auch weiterhin im Ministerium. Der hat auf zwei Schultern getragen – wie ein Doppelagent.

Der Finanzrichter stirbt 2019 hochgeachtet. Keiner spricht von seinem Verrat. Da ist Cum-Ex aktiv auch schon Geschichte. 2012 – zehn Jahre nach dem Brief des Bankenverbandes –schafft es der Gesetzgeber endlich, Cum-Ex zu beenden. Zumindest in der alten Form. Inzwischen gibt es neue Modelle. Frei nach Brecht: ›Der Schoß ist fruchtbar noch …‹«

Kapitel 10
Gift im Zoo

Die Kühe muhten nicht, sie brüllten. Sie scharrten nervös mit ihren Hufen und jede der vierhundert schwarz-weißen Milchspenderinnen schüttelte sich laut und nervös, als ob sie sich augenblicklich ihrer Melkschläuche entledigen wollte. Eine dunkle Warnsirene röhrte und der just eingestellte »Diplom-Landwirt« lief zum Sicherungskasten. »Licht an, Licht an, sofort.« Die Stimmen kamen aus allen Richtungen der riesigen, schlagartig dunklen Halle. Das waren die Fahnder, die dabei waren, Heu und Stroh hinter und unter den Tieren zu durchsuchen, um steuerlich belastende Unterlagen des Hamburger Bankiers zu finden. Die Kühe brüllten in Panik noch lauter und schlugen gegen die eisernen Ständer. Das Chaos war perfekt. Plötzlich verbreitete sich Helligkeit. Das hohe Einfahrtstor war aufgerissen worden.

»Wahnsinn«, schrie der Landwirt ins Mikrofon vor dem elektronischen Steuerungskasten. »Macht das Tor zu! Macht das Tor zu! Das Vieh stürmt sonst ins Gelände.«

So weit kam es an diesem kalten Märztag nicht. Als es drei Minuten nach sieben in der Halle wieder hell wurde, versammelte sich das Dutzend der Fahnder am Mittelgang.

»Welcher Idiot hat den Durchsuchungsbeschluss abgezeichnet?«, fragten sie sich untereinander.

Ein Kölscher Jong lachte. »Wir sollen auch den Schafstall filzen.«

Die Frauen und Männer, die vom Rhein per Bus in die holsteinische Pampa befohlen worden waren, fanden das »einfach irre«.

Als die rheinische Beamtencrew das überdachte Schafgehege betrat, waren Mensch und Tier gleicher Stimmung. Die sonst so gelassenen Wollproduzenten stimmten allesamt einen Wutgesang an, als springe das lokal registrierte Wolfsrudel über ihr Gatter. Alle fünfhundert Tiere der Herde drängelten sich an der Westseite so dicht aneinander, dass kein Fahnder mehr passieren, geschweige denn dass am Boden zwischen all den recyclingfähigen Schafskötteln steuerrechtlich verwertbare Datenträger hätten entdeckt werde können.

Die drei Zeitungen in Düsseldorf, München und Hamburg hatten wie stets einen Wink erhalten. »Staatsanwalt kämpft gegen Steuerraub«, war der Aufmacher. Erneut war von einer gigantischen Steuerverschwörung die Rede, von der tagelangen systematischen Durchsuchung von Häusern, Wohnungen und Autos durch Spezialkräfte war zu lesen – nicht aber von Kuh- und Schafställen. Die Behörden seien erfolgreich gewesen, hieß es; sistiert wurden drei Mobiltelefone der angeblichen Verschwörer – das waren der alte Bankier, dessen Sohn und Dave – sowie ein Tonbandgerät, private Tagebücher, Kalender und Liebesbriefe.

»Prima, die Staatsanwaltschaft Düsseldorf packt's an«, lobte Professor Barthold Brenner, der für Banken und Finanzinstitute verantwortliche Ministerialdirektor vor der großen Montagsrunde im dritten Stock des Bundesfinanzministeriums. Ein positives Echo kam wenig später auch aus den Finanzministerien in Wiesbaden und Düsseldorf. Allseits Erleichterung auch bei Spitzenpolitikern von Schwarz, Rot und Grün.

»Unsere Landesbanken sind aus dem Sperrfeuer«, sagte Ministerpräsident Vaupel dem Ressortleiter Wirtschaft der *Main-Zeitung* und fügte noch an: »Damit können Sie mich gern zitieren.« Den Fernsehberichten am Abend war zu entnehmen, dass die rheinische Justiz und die Bonner Finanzaufsicht wirklich auf Zack seien. Die Kommentatorin in den Hauptnachrichten hob sogar ihren rechten Daumen vor die Kamera und erklärte: »Eine Staatsanwaltschaft, ein Staatsanwalt mit Mut. Weiter so.«

»Haben wir uns mit den strafrechtlichen Vorwürfen gegen die Hamburger nicht zu weit vorgewagt?«, überlegte derweil Wolf Reymann, der Chef der Münchner Wirtschaftsprüfungsgesellschaft Beagle. Bei all den positiven Nachrichten hatte sich bei ihm ein leichtes Unwohlsein eingestellt. Seine Frau fand ihn an diesem Abend unleidlich.

»Habt ihr denn wenigstens Zeugen, schriftliche Beweise für eure Vorwürfe?«, fragte sie ihn beim Abendbrot im Beisein der Kinder. »Ihr erhebt massive Vorwürfe – strafrechtliche.« Sie war Rechtsanwältin: »Habt ihr dem Jean d'Arc von Düsseldorf lediglich Mutmaßungen und Plausibilitätserwägungen geliefert? Dann geht euch das voll ins Auge.« Sie mochte aber keine schlechte Stimmung aufkommen lassen und bot ihm noch einen Schluck Rotwein an.

Bevor sie sich schlafen legten, drehte das Paar noch eine kurze Runde durch den Englischen Garten. Es war kalt, aber der Vollmond erhellte den Weg. »Da sitzt ein hochintelligenter steinreicher alter Mann in Hamburg. Er telefoniert mit Aktienbrokern in London, damit er vom deutschen Finanzamt eine Rückzahlung erhält, die doppelt so hoch ist wie die Steuer, die er gezahlt hat. Das leuchtet mir nicht ein«, sagte sie.

»Mir geht's ebenso.« Reymann hakte seine Frau unter. »Obendrein, so wurde mir gesagt: Sich fließend Englisch zu unterhalten, das sei für den alten Franck schon immer ein Stolperstein gewesen. Aber meine Boys behaupten, Franck habe mit diesen Brokern kollusiv den deutschen Fiskus betrogen.«

Ilona Reymann machte einen großen Schritt über eine Pfütze. »Solche kriminellen Kreisgeschäfte hat der Franck gar nicht nötig. Der ist längst Milliardär.« Ihr Mann antwortete nicht.

Wolf und Ilona Reymann gingen heim. Eine Gestalt auf einem elektrischen Roller raste hupend an ihnen vorbei. »Gut, dass der Hund zu Haus geblieben ist«, sagte Ilona zu ihrem Mann. »Was kostet übrigens euer Gutachten für den Herrn Staatsanwalt? Rück's raus.«

Ihr Mann klang immer noch bedrückt: »Na, anderthalb Millionen. Das müssen am Ende die Hamburger blechen.« Als er bereits im Bett lag und sie sich im Badezimmer abschminkte, rief sie ihm zu: »Und was machen die Nasenbohrer von der BaFin?«

»Bitte«, rief er, »lass mich schlafen. Die Nasenbohrer haben schon 2007 alles über Cum-Ex gewusst. Da hat ihnen ein Whistleblower von der Primus Bank eine Mail zugeschickt – wie Cum-Ex mit allen Varianten und Leerverkäufen funktioniert. Noch dazu alles grafisch en détail dargestellt.«

Ilona Reymann wusch sich über das Gesicht. »Ja, warum haben die BaFin-Knechte damals nichts getan? Sag's mir.«

»Morgen«, antwortete er und gähnte. »Ja, warum wohl?«, fuhr er dann trotzdem fort. »Cum-Ex, das war die geheime Subvention für Primus Bank und Landesbanken. Die standen doch 2007 allesamt kurz vor der Pleite. Die Bombe wäre Sozis und Christen um die Ohren geflogen. Die in der Wilhelmstraße haben dem BaFin-Chef gedroht: ›Halt die Füße still.‹«

Reymann richtete sich im Bett auf. »Du hast mich mit deiner Fragerei hellwach gemacht«, sagte er vorwurfsvoll. »Kein Skandal. Also: Oberstes Ziel von Politik und Ministerien ist es, den Wählern zu verbergen:

a, dass man seit 2003 alles, aber auch alles, über den Cum-Ex-Schwindel gewusst hat. Und b, dass man diese Milliardenbetrügerei den Großbanken als Rettungsring zugeworfen hat.«

»Und jetzt braucht die Politik Täter. Cum-Ex-Verbrecher, damit die Justiz jemanden ans Kreuz nageln kann«, folgerte sie, während sie sich zu ihm ins Bett legte.

»Richtig«, antwortete er noch, bevor beide einschliefen.

»Ich hab von der Finanzaufsicht geträumt«, berichtete Reymann beim Frühstück.

Seine Frau lachte. »Ein wahrer Alptraum, mein Ärmster!« Die sechsjährige Tochter und der vierjährige Sohn stimmten ins Lachen ein. Die Familie war bester Laune.

Reymann fixierte Tochter und Sohn und runzelte dabei die Stirn: »Die Welt der Erwachsenen – die von Mami und Papi – ist oft wie Kaspertheater: Der Vorhang geht auf, es donnert ein Gewitter und Kaspers Oma füttert heulende Wölfe. Dem Polizisten befiehlt sie: ›Kasper darf nichts davon wissen.‹ Als Kasper seine Oma fragt: ›Warum gibst du den kleinen Hunden denn nichts?‹, da sagt sie: ›Kleine Hunde bekommen nichts, die machen zu viel Arbeit.‹«

»Du musst den Kindern die Geschichte auch richtig zu Ende erzählen«, ermahnte ihn seine Frau.

Und Reymann fuhr fort: »Dann hat der Polizist einen kleinen Hund gepackt, um ihn mit seiner Rute totzuschlagen. Der kleine Hund aber hat sich gewehrt, hat den Polizisten gebissen – und die Oma auch.«

Die Kinder klatschten Beifall.

Später an jenem Morgen ließ Reymann als Erstes die zuständigen Prüfer in sein Büro bitten. Er habe sich die Dinge noch einmal durch den Kopf gehen lassen: »Unser Unternehmen ist weder Büttel des Bundesfinanzministeriums noch der Bonner Aufsicht«, begann er die Besprechung.

»Außer Frage«, stimmte einer der besten Prüfer Reymann zu. »Wenn wir aber Berlin und Bonn vor den Kopf stoßen, dann gibt's von denen keine Aufträge mehr für uns. Dann können wir als Wirtschaftsprüfer in Deutschland die Koffer packen.«

Ein junger Mitarbeiter ergriff das Wort: »Ethisch steht außer Frage: Wir dürfen keine Büttel sein. Ich habe aber gerade von einer Kollegin aus den Niederlanden gehört. Dort, bei unserer Konkurrenz, heißt es: Wer uns bezahlt, kriegt im Gutachten recht. In Sachen Cum-Ex hat man der Primus Bank bestätigt: Ihr seid auch bei Leerverkäufen der Engländer nicht Depotbank, ihr braucht keine Ertragssteuer zahlen. Davon wusste aber in Hamburg niemand. Derselbe Kollege hat danach im Auftrag der Bonner Finanzaufsicht die Cum-Ex-Geschäfte der Hamburger geprüft. Sein Ergebnis: Die Behörde hat recht. Die Weinheim Bank ist kriminell und hat Steuer völlig zu unrecht zurückgefordert, weil sie nie gezahlt wurde.«

Es herrschte für wenige Sekunden Unruhe. »Ja, vielen Dank«, sagte Reymann. »Die Marktbedingungen in

Deutschland und die Konkurrenz erschweren unsere Arbeit bedenklich. Ein bisschen im Sinne unserer Auftraggeber zu orakeln, das hilft. Und rechtlich bleiben wir auf der richtigen Seite.« Unzufriedenheit stand den Mitarbeitern ins Gesicht geschrieben, als sie sein Büro verließen. Reymanns Frau erfuhr nichts davon.

Das Gutachten der weltweit tätigen Wirtschaftsprüfungsgesellschaft Beagle skizzierte danach ein Worst-Case-Szenario für die Weinheim Bank: Rückzahlung der Cum-Ex-Erträge, Cum-Ex-Strafzahlung, sofortige Erhöhung des Eigenkapitals – diese drei Posten allein summierten sich auf fast 600 Millionen Euro.

Wie von Gottes Hand verfügte die Düsseldorfer *Wirtschaftszeitung* bereits am Dienstag über das vollständige Gutachten, während es Sebastian Franck und Dave Weinheim erst High Noon, also Mittwochmittag, zugestellt wurde.

Kaum eine Stunde später wurden jedem der beiden zudem diverse Schreiben der Finanzaufsicht ausgehändigt. Beiden Privatbankiers wurde anbefohlen, ihre Mandate im Aufsichtsrat der Weinheim Bank umgehend niederzulegen. Entzogen wurde ihnen gleichzeitig die Verfügungsgewalt über ihre eigenen Aktien. Es handelte sich um die erste Enteignung einer Bank seit Gründung der Bundesrepublik Deutschland. Unterzeichnet waren alle Schreiben von »Karl Schacherl, Exekutivdirektor«.

»Ich muss mich setzen«, sagte Franck, hielt sich den Bauch, lachte und lachte, dass ihm die Tränen über die Wangen liefen. »Mord im Zoo, das ist ja Mord im Zoo.«

»Was lachst du? Wie kannst du nur lachen? Heute, das ist wie 1937!«, rief ihn Dave zur Ordnung. Sein Vater und sein Großvater waren damals nach New York geflüchtet.

»Nein«, der alte Bankier bemühte sich, ernst zu werden. »Schacherl – genauso hieß der Wärter, der 1948 im Frankfurter Zoo sein Unwesen trieb. Schacherl vergiftete Paviane, Zebras, Rehböcke und Schimpansen. Dem Publikum sollte weisgemacht werden, Professor Grzimek sei als Zoodirektor ungeeignet. Er kümmere sich nicht um seine Tiere. Es gab wohl sogar einen Auftraggeber der Giftmordserie: Das war der Zoodirektor in München.«

»Und Schacherl junior soll jetzt die Weinheim Bank ermorden – im Auftrag der Primus Bank.« Dave Weinheims Stimme überschlug sich vor Erregung.

Er vermute dasselbe, mischte sich der Justiziar ein, der gerade in Francks Zimmer getreten war und sich einen der mit schwarzem Rosshaar bezogenen Biedermeierstühle herangezogen hatte. In seiner Art erinnerte Denhardt an den Staatsrechtler Ingo von Münch, der seinen Hörern auch die kompliziertesten Konstellationen in verständlichem Deutsch erklären konnte. Selbst Franck hörte auf den Anwalt, was er sonst bei keinem anderen Menschen tat. Juristisch sei jede Weigerung praktisch aussichtslos, fuhr der Chef der Rechtsabteilung fort, weil die Durchgriffsrechte der Aufsichtsbehörde infolge der Subprime-Krise 2009 massiv gesteigert worden seien.

»Wir müssen auf Zeit spielen. Nachweisen, dass wir absichtlich und planmäßig kriminalisiert wurden«, riet er eindringlich. »Wie müssen Zeugen finden, dass die Frankfurter bewusst und gezielt ihre gesetzliche Pflicht als Depotbank nicht erfüllt haben. Wir müssen nachweisen, dass wir den planmäßigen Leerverkauf der Aktienpakete nicht zu erkennen vermochten – und – dass wir vom Hamburger Fiskus unwissend Steuermillionen zurückgefordert haben, die nie gezahlt wurden.«

Franck hatte inzwischen zu lachen aufgehört und sein Gesicht war aschfahl geworden. »»Mit Cum-Ex werd ich Sie fertigmachen‹, hat mir diese Kreatur 2012 wortwörtlich in Berlin gedroht. Und dieser Schacherl fühlt sich in seiner Rolle als Auftragsmörder pudelwohl.«

Dave Weinheim stierte auf das schöne hölzerne Parkett aus der Biedermeierzeit hinunter. Beiden Eigentümern des Instituts war beklommen zumute. Denhardt hatte sie seit nunmehr über drei Jahrzehnten als Hausjurist begleitet, beide aus mancher Bredouille gerettet und sich dabei bei ihnen nicht immer beliebt gemacht.

»Worauf zielen der Franzose und seine Mitspieler wirklich ab?«, fragte Franck unvermittelt. »Was wissen wir?«

Dave wandte sich Denhardt zu: »Die wollen uns kurz und bündig plattmachen, weil beide mit ihrem ganzen Wahnsinn vor die Wand gefahren sind, mit dem Wahnsinn, den sie sich als Investmentbanking schöngeredet haben. Die Primus Bank hat alle New Yorker

Anwaltskanzleien und die Staatsanwälte von Manhattan im Nacken. Wer in Deutschland wirklich Geld hat, der kommt doch zu uns hier ins Family-Office – nicht zu denen.«

Üblicherweise trennten sich die drei nach einer Viertelstunde. Heute nicht. Stattdessen rieb sich Dave pausenlos das Kinn und räusperte sich von Zeit zu Zeit. Er wartete darauf, dass sich der alte Bankier als Mehrheitsgesellschafter äußerte. Jeder der drei musterte den anderen. Dann wanderten die Blicke zum Kamin, in dem kein Holz lag, dann wieder zur Stuckdecke, zu den Lederbänden der alten Bücher und Schriften, die sich Franck gerade hatte ersteigern lassen, und hin zu dem ruhigen Landschaftsgemälde aus dem 18. Jahrhundert. Lustvolles Rokoko à la Antoine Pesne war nicht sein Ding.

»Das ist alles mit der Wilhelmstraße, alles mit dem Bundesfinanzminister abgesprochen«, durchbrach Franck endlich die Stille im Raum. »Die Frankfurter haben zusammen mit Kellner Cum-Ex ersonnen und uns in ihre Falle gelockt. Wir alle«, und damit richte er den Blick auf den Hausjuristen, »die Bank, unsere Familien stecken zwischen den Eisen.«

Die Düsseldorfer *Wirtschaftszeitung* hatte ihren Lesern bereits am Morgen auf Seite drei lang und breit vom Desaster der Hamburger Privatbank Weinheim berichtet. Zitiert wurde am Ende der Aufsichtsratsvorsitzende der Frankfurter Primus Bank. Der hatte sich – wie es sich gehört – äußerst besorgt gezeigt:

»Alles, aber auch alles, muss von Anfang an geklärt werden. Cum-Ex ist krimineller Steuerraub.«

Was ihm vermutlich leicht über die Zunge gegangen war, denn Franck hatte ihn während eines Zwiegesprächs im Frankfurter Hof einen Versager genannt.

Kapitel 11

Im Handumdrehen mutterseelenallein

Am Donnerstag waren die Medien bis zum Platzen gefüllt mit neuen reichlich bebilderten Horrorberichten über die durchtriebenen Hamburger Privatbanker. »Bert Brecht hätte seine Freude an diesem Banker-Bashing«, sagte Ewa Zeligmann, als sie ihren Minister begrüßte. »Tja, Politik, das ist 24-Stunden-Theater: Tragödie und Komödie wechseln sekündlich.«

»Es trifft immer den Falschen, junge Frau«, entgegnete ihr Kattenberger. Er wartete nun bereits seit zwanzig Monaten ungeduldig, beinahe stündlich, dass die Primus Bank ihren unsäglichen Zinsswap mit dem Bundesland Hessen für beendet erklärte. Immerhin hatte er als Finanzminister den ersten Schritt getan, hatte sich mit seinem Ministererlass voll auf die Seite der Primus Bank gestellt. Bei Aktienkreisgeschäften, so besagte es Kattenbergers Erlass, brauche die Depotbank keine Ertragssteuer abzuführen. Er war sich dabei durchaus bewusst gewesen, dass sein Erlass diametral dem Jahressteuergesetz von 2007 widersprach. Aber das Wagnis war er eingegangen, weil sein Erlass nicht veröffentlicht werden musste.

Erwachte Kattenberger nachts, tröstete er sich mit dem Gedanken, dass der hessische Steuerzahler der wahre Nutznießer sei. Richtig wütend aber sah man ihn, wenn die Rede auf die Nullzinspolitik der Europäischen Zentralbank, auf den Italiener Mario Draghi, die Französin Christine Lagarde kam. Er konnte deren hohle Sequenzen in den Nachrichten nicht mehr ertragen. Das wahre Inflationstempo lag seines Erachtens längst bei vier Prozent. Dessen war sich nicht Kattenberger allein, sondern das ganze Ministerium bewusst. Dass die ständig wachsende Einwanderung nach Deutschland nicht nur die Kosten des täglichen Lebens, sondern auch die Nachfrage nach Haus und Wohnung ungezügelt antrieb, blieb in den EZB-Statistiken meist unerwähnt.

»Vergessen wir nicht die russischen Oligarchen und die chinesischen Milliardäre, die in Deutschland en masse Immobilien kaufen, um ihr schmutziges Geld sicher zu waschen und zu parken. Das treibt seit Jahren unsere Immobilienpreise und Mieten. Selbst unser Ackerland ist inzwischen so verteuert, dass kein hessischer Bauer einen einzigen Hektar zukaufen kann. Unsere Äcker gehören inzwischen den Panama-Fonds«, rief Kattenberger am Ende derartiger finanzpolitischer Gespräche regelmäßig seinen Zuhörern ins Gedächtnis. Je länger die EZB auf ihrem Nullzins beharre, desto teurer würde für das Land Hessen der Zinsswap. Statt Ersparnisse häuften sich Jahr um Jahr Schulden in dreistelliger Millionenhöhe auf. Lachender Gewinner sei immer die Primus Bank.

Ministerpräsident Vaupel winkte sofort ab, wenn Kattenberger auch nur ansetzte, Klage über die Primus-Banker zu führen. Kein Mensch, kein Reporter wisse von dem Erlass. Er, der Ministerpräsident, werde persönlich »ganz bestimmt« beim nächsten persönlichen Treffen – sei es nun mit dem unerträglich großspurigen Franzosen oder eben mit dem tückischen Asiaten – die Streichung des Vertrages anmahnen. Doch entweder fand Vaupel nie eine Gelegenheit, die Bitte vorzubringen, oder aber er tat es absichtlich nicht. Faktum jedenfalls blieb über Jahr und Tag, dass sein Parteifreund Kattenberger in Ungewissheit lebte. Seine finanzpolitische Bitte, so schien es dem Finanzminister, verhallte zwischen der Main-Metropole und Wiesbaden wie der einsame Ruf im Wald.

Auch zu Hause hatte er Ärger, denn Kattenberger mochte nicht mehr mit seiner Frau zum Sonntagsgottesdienst gehen, was für Unmut sorgte. »Du bist wieder so komisch«, sagte sie. »Ich dachte, dein Boss hat alles geklärt?«

»Eben nicht«, antwortete Kattenberger kleinlaut, »wie steh ich vor unseren Leuten da? Immer mehr statt immer weniger Schulden. Das Gegenteil hatte ich versprochen: Deshalb habe ich das Zinsgeschäft gewagt. Keiner hat vorausgeahnt, dass dieser Draghi und diese EZB über Jahre Nullzins zelebrieren und die Inflationsgefahr verniedlichen. Und die Olga in Berlin hat dazu immer geschwiegen.« Tränen schossen dem Finanzminister ins Gesicht.

Seine Frau gab ihm einen Kuss. »Tritt zurück, dann können wir endlich wieder leben, frei sein, reisen.« Kattenberger sei inmitten der politischen Schlangengrube einfach zu ehrlich, zu gottesfürchtig, zu naiv. Sie goss ihm Tee in den Becher. Wer würde ihm Dank sagen für all die Abende, Tage, Wochen, Jahre, die er für die Partei unterwegs gewesen sei? »Weißt du denn wirklich, ob sich dein Ministerpräsident bei den Ganoven in der ›Anlage‹ für dich eingesetzt hat? Ich glaube, der Vaupel lügt dich an.« Über zwanzig Ehejahre hinweg hatte Elsbeth Kattenberger ihren Ärger über die vermeintlichen Parteifreunde, die ewigen Parteiintrigen hinuntergeschluckt, um ihrem Mann zu helfen.

»Und was kriegst du für all den Ärger? Nichts. Deine alten Freunde drängeln sich ins Europaparlament. Da kriegen sie das Drei- und Vierfache deines Gehalts. Von Brüssel aus treiben die sich beliebig in der Welt herum. Schau nur, was die alten Revoluzzer von den Grünen tun. Zahlt alles die EU – sprich der deutsche Steuerzahler. Genauso wie das Auslandstudium ihrer Kinder. Oder bewirb dich bei der UNO. Da ist jeder finanziell wie im Paradies.«

Die beiden hatten im Dorf einen Umweg genommen, um nicht von den anderen Mennoniten gesehen zu werden, die nun nach und nach den Gemeindesaal verließen. Das Ehepaar war seine Waldpfade gegangen, hatte einen Kauz gehört und die Rehe waren nicht geflüchtet.

»Du hast ja so recht«, beendete Kattenberger schließlich sein langes Schweigen. »Aber in einem liegst du falsch: Der Vaupel ist ein echter Freund. Ich kann mich auf ihn verlassen.«

Sie antwortete nicht, weil sie vom Gegenteil überzeugt war. Bald schon von neuen Problemen abgelenkt, konnte das Paar sein Gespräch nicht fortsetzen: Die sie begleitenden beiden Polizistinnen sowie ihr Kollege vom Personenschutz und der Chauffeur des Ministers sahen sich außerstande, in ihrer üblichen Bleibe zu übernachten. Der ältliche Wirt vom Dorfkrug und dessen blässliche Frau hatten überraschend beschlossen, keine Gäste mehr zu beherbergen, dies aber im Dorf nicht kommuniziert. Auf dem Dachboden des Kattenbergerschen Fachwerkhauses musste ein Nachlager improvisiert werden. Der Minister fand keinen Schlaf, weil sein Personenschutz schier ununterbrochen vom Dach zur Toilette und retour Wanderungen unternahm. »Wer schützt hier eigentlich wen?«, dachte er.

Auf der Rückfahrt nach Wiesbaden erlaubte er sich, keine Akten zu lesen. Er hoffte, ein wenig entspannen zu können. Mit halbem Ohr aber hörte er, wie sich der finanzpolitische Sprecher der Opposition im Hessischen Rundfunk über die Zinsverträge des Finanzministers ausließ. Die Swaps seien der helle Wahnsinn: »Ich befürchte, Minister Kattenberger hat den Zinsvertrag nicht einmal gelesen.«

»Ich hab den Typ, der da spricht, mal nach Bonn kutschiert«, sagte der Fahrer. »Der Kerl ist dumm wie Brot. Der quatscht nur das nach, was ihm vorgebetet wird.«

»Wahrscheinlich liegen Sie damit vollkommen richtig«, antwortete Kattenberger. Er verspannte sich. »Wieso kommen die Sozis ausgerechnet jetzt mit den Swaps? Eine Kampagne, ein politisches Fallbeil gegen mich?«

Er versuchte, den Ministerpräsidenten per Handy zu erreichen. Er hatte kein Glück. Vaupels Sekretärin versprach ihm aber einen Rückruf noch vor der morgigen Kabinettssitzung.

In der Eingangshalle des Ministeriums kam ihm schon seine Referentin entgegen. Er versuchte zu lächeln. »Das ist unfassbar«, dabei hielt sie ihm die *Wirtschafts-* und die *Main-Zeitung* entgegen. »Als hätten sie sich für heute verabredet: Ihr Zinsvertrag mit der Primus Bank ist in aller Munde und in den Medien Thema Nummer eins.«

Beim Betreten des Fahrstuhls schwankte Kattenberger. Er hatte nach der morgendlichen Dusche vergessen, die Tabletten gegen seine Epilepsie zu nehmen.

»Soll ich Sie unterhaken?«, fragte Ewa Zeligmann auf dem Gang zum Ministerbüro.

»Danke«, antwortete er und schritt voran. Doch dann sank er förmlich in den ledernen Drehstuhl hinter seinem Schreibtisch. Der vorliegende Medienspiegel zeigte, dass eine gezielte Diffamierungskampagne gegen seine Person vom Stapel gelassen worden war.

»Haben wir etwas dagegenzusetzen?«, fragte ihn der Sprecher der Landesregierung am Telefon und fuhr fort: »Der Herr Ministerpräsident sagte mir eben: ›Das kommt uns ganz ungelegen.‹«

Zeligmann, die zugehört hatte, platzierte sich Kattenberger gegenüber. »Aber der hatte Ihnen doch fest versprochen, er werde mit den Primus-Bankern reden, damit es mit dem Betrug, also dem Zinsswap, endlich ein Ende hat.« Die junge Frau war wütend.

Kattenberger schwieg, weil er wieder leichtes Schwanken im Hirn spürte.

»Ihnen ist nicht wohl«, sagte sie. Er nickte.

»Wir hier müssen in die Gegenoffensive. Ich kenne Leute vom Aktienreport. Die sind verlässlich. Denen schildern wir den Zinsswap so, dass jeder Mann, jede Frau im Netz das verstehen und nachvollziehen kann. Herr Minister, Sie haben den Vertrag doch unterzeichnet, um Hessen Geld zu sparen. Dass die EZB über Jahre Nullzins exekutiert, das konnte doch niemand ahnen.«

Das war tatsächlich nachmittags im Netz haarklein, auf Punkt und Komma präzise nachzulesen. Erwähnt wurde zudem, dass Ministerpräsident Vaupel die Primus-Banker persönlich dringend gebeten habe, auf weitere Zahlungen des Landes Hessen zu verzichten. Ewa Zeligmann zeigte ihrem Chef die Meldung: »Wir sind überm Berg.«

Es war dieser Frühlingstag, an dem ihr erstmals die Käuflichkeit von Menschen brutal vor Augen geführt wurde und sie ihr Vertrauen in die Demokratie verlor. In ihrem kleinen Büro befestigte sie gerade das Comicposter »New York Life« von Lyonel Feininger an die Stirnwand, als sich der Regierungssprecher bei ihr meldete. »Ihr zieht Vaupel, ja unsre ganze Landesregierung, mit eurem bescheuerten Zinsvertrag in den Dreck. Der Ministerpräsident hat mir gerade bestätigt, dass er sich nicht in die Probleme des Finanzressorts einmischt und keinerlei Gespräch mit Vertretern der Primus Bank geführt hat. Das werde ich der Presse mitteilen.«

»Wollt ihr Kattenbergers Rücktritt? Will Vaupel ihn dazu zwingen? Ich weiß doch, dass Vaupel vor zwei Tagen, am Dienstag, bei denen in der ›Anlage‹ war«, empörte sich die Referentin. Vom Regierungssprecher, einem schlaksigen Macho, der ihr von Anfang an unsympathisch gewesen war, kam keine Reaktion. Er hatte bereits aufgelegt.

Die Pressemitteilung der Primus Bank folgte auf dem Fuße: Ministerpräsident Vaupel habe dem Vorstand erneut versichert, Hessen werde seine Zinsverpflichtungen vertragsgemäß erfüllen. Bankvorstand und Landesregierung setzten auf eine weitere gedeihliche Entwicklung des europäischen Finanzplatzes Frankfurt.

»So ein Aas«, rief Zeligmann, als sie ins Ministerzimmer stürmte. Der Minister las die Mitteilung gerade auf seinem eigenen Bildschirm, schmiss den Aktenordner »Swap-Verträge« mit der geballten Linken vom Schreibtisch und faltete die Hände über dem Kopf. »Unser Herrgott straft Mörder, Verbrecher und Lügner noch zu Lebzeiten«, versuchte er sich zu beruhigen.

Zeligmann lachte zum ersten Mal an diesem Tag: »Glauben Sie das wirklich?«

Ihr Chef lehnte sich zurück. Im nächsten Moment suchte er, vornüber gebeugt, Halt zu finden, sackte dabei jedoch mit dem ganzen Körper zu Boden. Seine Referentin schrie panisch um Hilfe. Aber da war Kattenberger wieder bei sich. »Nein«, stöhnte er. »Kein Alarm, helfen Sie mir lieber auf.«

Wieder sitzend blickte er seiner Referentin ins Gesicht: »So ist Politik. Sie glauben, Sie hätten Freunde. Aber im Handumdrehen sind Sie mutterseelenallein und stehen nur noch Todfeinden gegenüber.« Er wolle keinen Arzt. Sie könne sich jetzt ruhig nach Hause begeben. Er warte noch auf den Anruf »unseres Ministerpräsidenten«.

Bei ihrer polizeilichen Vernehmung berichteten beide Sekretärinnen übereinstimmend, dass »der Herr Finanzminister« auch am späten Nachmittag noch vor dem Bildschirm gesessen und wohl vergeblich auf den Anruf von Ministerpräsident Vaupel gewartet habe. Bevor sie das Büro des Ministers zum Feierabend verlassen hätten, hätte »der Herr Finanzminister« sie noch gebeten, Fahrer und Personenschutz nach Hause zu schicken, ihm aber ein Taxi auf 19 Uhr 30 zu bestellen. Der Taxifahrer gab zu Protokoll, einen hochgewachsenen Herrn vor dem Finanzministerium abgeholt und zu einer Adresse am Mainufer gefahren zu haben. Dort habe er, der Taxifahrer, noch eine Weile gewartet und dabei gesehen, dass sein Fahrgast vergeblich geklingelt und sogar an der Haustür gerüttelt habe. Dem vernehmenden Oberkommissar war die Adresse als Wohnung der langjährigen Geliebten des Ministerpräsidenten bekannt.

Alle weiteren Ermittlungen führten schlussendlich nicht über das hinaus, was die kleinen Schulkinder von der Schmickbrücke aus gesehen hatten und was sie so furchtbar erschüttert hatte – zu der Leiche eines Finanzministers, der, laut den polizeilichen Ermittlungen, von der Pier am Osthafen gefallen war.

Ewa Zeligmann hatte die Bürde geschultert, Kattenbergers Frau zu informieren. Die hatte geschrien, geschluchzt, den Ministerpräsidenten verflucht und der Partei die Pest an den Hals gewünscht. »Ich hasse sie alle«, war ihr letzter Satz am Telefon.

Bei der Beerdigung war Ewa die einzige anwesende Person, die nicht Mitglied der Familien Kattenberger war. Es gab noch bürokratischen Ärger über die Zahlung der Witwenpension des Finanzministers. Nach vierzehn Monaten kam die erste Zahlung. Presse und Fernsehmedien vermeldeten zwar den Todesfall Kattenberger, recherchierten aber nicht, denn Ministerpräsident Vaupel zeigte sich vor Kamera und Mikrofon persönlich tief erschüttert und mahnte, die trauernde Familie bitte in Frieden zu lassen.

Der Ministererlass Kattenbergers, der den Primus-Bank-Konzern vor dem Kollaps gerettet hatte, gelangte erst Monate später zufällig durch Anfrage der Landtagsopposition ans Licht. Die deutschlandweit gelesene *Main-Zeitung* berichtete, dass die Landesregierung vierzig neue Stellen zur Steuerfahndung geschaffen habe, und lobte sie dafür in einem Kommentar. Über den jahrelang unveröffentlichten Cum-Ex-Erlass vermeldete sie allerdings nichts. Die Wochenzeitung *Tempus*, die Fernsehanstalten und die Rechercheteams, die sich über Monate über die Missetaten des alten Hamburger Bankiers verbreitet hatten, folgten dem Vorbild der *Main-Zeitung*. In der Berliner Wilhelmstraße, bei der Finanzaufsicht, den Landesbanken war man ebenfalls absolut zufrieden. »Was zwingt uns, die Bedeutung dieses ›uralten‹ Erlasses zu erklären?«, sagten sich die Spitzenpolitiker beider Volksparteien. »Das stiftet doch nur Unruhe und Verwirrung.«

Im folgenden Sommer war allenthalben von der neuen Ethik der Primus Bank zu lesen und zu hören. Ein junges Gesicht war zu sehen. Weder vom französischen Prahlhans noch vom schlauen Asiaten war noch etwas in der Presse zu erfahren. Ewa Zeligmann, die sich zur Freude ihrer Ministerialkollegen eine Woche nach dem Tod ihres Chefs aus dem Ministerium verabschiedet hatte, meinte, auf die neue Ethik angesprochen: »Um die Moral zu heben, muss man nur die Ansprüche senken.« Ihre mütterliche Vermieterin hatte darüber herzhaft gelacht.

Die junge Intellektuelle wechselte das Berufsfeld und machte Karriere in der Tourismusindustrie. In London fragten sich Primus-Banker, weshalb ihr über Jahrzehnte verbundener Stammkunde, der amerikanische Maris-Hotelkonzern, sich neuerdings der Wettbewerber von der Wall Street bediene. Eine Antwort fanden sie nicht.

Auf Gespräche über Politik ließ sich Ewa Zeligmann nicht mehr ein.

Kapitel 12

Der Erfinder der Gelddruckmaschine

Sechshundert Autokilometer südlich von Köln spiegel-
ten sich die Lichter der Schweizer Finanzmetropole in
den dunklen Fluten des Zürichsees. Meinhard Kellner,
besser Dr. Meinhard Kellner, darauf bestand er stolz,
saß mit Gästen auf der Terrasse seines Chalets und
schaute hinüber auf die sogenannte »Goldküste«, das
rechte Seeufer, die »Sonnenseite« der Landschaft.

Die »Goldküste« war für alle Stadtflüchtlinge aus
Zürich seit Jahrzehnten der »place to be«. Hier beschien
die Abendsonne die teuren Latifundien auch noch
dann, wenn die umgebenden Berge das gegenüberlie-
gende Seeufer – wortwörtlich – längst in den Schatten
gestellt hatten. Ein entscheidender Unterschied, der die
Bewohner der Goldküste von denen abhob, die nicht
das Glück – oder das Geld – hatten, ein Grundstück auf
dieser Seite des Sees erwerben zu können.

Dr. Meinhard Kellner hatte nicht die Zeit gehabt,
großartig nach einem Grundstück an der Goldküste zu
suchen, als er seine deutsche Heimat vor Jahren ziemlich plötzlich verlassen hatte.

Auch die sogenannte »Silberküste« schien ihm edel genug und die Adresse in einem kleinen Dorf mit Seeblick hatte in und außerhalb der Schweiz genug Renommee, um sich auch weiterhin in der Finanzwelt sehen lassen zu können.

Ein gewichtiger Teil dieser Finanzwelt gehörte nun zu seiner direkten und indirekten Nachbarschaft. Darunter natürlich auch Schweizer. Aber die Mehrheit waren »Expatriates«, wie sie sich selbst gerne nannten: Finanzexperten aus aller Welt, die sich für die Dauer eines Arbeitsvertrags oder eines Projekts in der Schweiz niedergelassen hatten, um nach einigen Jahren weiterzuziehen. Diese »Arbeitsnomaden« mit ihren hohen Gehältern hatten mit dafür gesorgt, dass längst beide Seiten des Zürichsees, selbst für Schweizer Verhältnisse, als äußerst wohlhabend galten. Und die niedrigen Steuersätze der Gemeinden sorgten seit Jahren dafür, dass sich immer mehr »Expatriates« – zumindest auf Zeit – hier ansiedelten. Während es selbst mit Schweizern, die aus der Branche kamen, schwer war, »warm zu werden«, hatte sich Kellner mit seinen internationalen Nachbarn schnell recht gut verstanden und man lud gegenseitig gerne zum »Sundowner« ein.

An diesem Abend hatte sich eine kleine Gastgesellschaft von drei Paaren auf Kellners Terrasse eingefunden.

»Ein wunderbarer Blick, den du hier hast, Meinhard«, schwärmte Annette Dolder.

Und ihr Mann Ralph stimmte ihr leise zu. »Schade, dass wir diese Gegend bald verlassen müssen. Mein

Vertrag hier bei der Assurance Mondial Swiss läuft im nächsten Jahr aus.«

»Und dann?«, fragte Kellner.

»Dann erwartet uns Dubai«, stöhnte Annette. »Weischt, es is scho eine Qual«, fuhr sie schwäbelnd fort. »Der Ralph soll da ein neues Business aufbauen: Die Assurance will Versicherungen für Rennkamele anbieten.«

»Aber das bleibt bitte unter uns«, warf Ralph schnell ein. »Ist alles noch nicht in trockenen Tüchern.«

»Natürlich«, antwortete Kellner beruhigend.

»Das wäre ein Riesenmarkt und für mich eine tolle Karrierechance. Danach kann mir die Assurance eine Position als Länderchef eigentlich nicht mehr verweigern.«

»Aber mir müsse mit den Kindern in die Wüschte«, nörgelte seine Frau. »Und was isch, wenn's net klappt, mit den Kamelen?«

Ralph wandte sich leicht genervt von ihr ab.

Kellner kannte diese Diskussionen zur Genüge. Wie oft hatte er sie in den letzten Jahren auf dieser Terrasse erlebt.

In dieser Welt der »Expads«, wie er sie nannte, galt immer noch das klassische Rollenmodell der westdeutschen Nachkriegsehe: Männer mit dem Willen zur Karriere und Frauen, die ihnen – mehr oder weniger – bedingungslos folgten. Die Kinder im Schlepptau.

»Komm, Annette, du jammerst mal wieder auf hohem Niveau«, warf Kellner ein. »Der Location Service besorgt euch in Dubai ein schönes Haus in einer Gated Community, die Kinder gehen wieder in eine internationale Schule und Ralphs Kamelversicherungen sorgen dafür, dass du dir auch im Wüstensand die neuesten Manolo Blahniks leisten kannst.«

Annette wusste nicht so recht, ob Kellner sie ernst oder auf den Arm nahm. Und der hilfesuchende Blick zu ihrem Mann hin, der leise grinste, machte sie auch nicht schlauer.

»Aber heute Abend sind wir erst einmal gemeinsam in unserem kleinen Schweizer Paradies und genießen das Leben – odr?«

»Odr«, dieses kleine Füllwort, das Schweizer gerne an Satzenden anfügen, war für ihn der Inbegriff des Schweizerdeutschen, über das er sich unter Nichtschweizern gerne lustig machte. Dabei war der Begriff »Kinderkrippendeutsch« noch die harmloseste Definition. Er hatte auch kein Verständnis dafür, dass ein Schweizer, kaum betrat er eine Runde mit Nichtschweizern, fragte, ob man nicht »Schwyzerdütsch schwätze« könne. Zu Beginn seiner Zeit hier hatte er direkt und offen mit »Nein« geantwortet und damit manchen Gesprächspartner vor den Kopf gestoßen. Natürlich hatte sich nie jemand bei ihm direkt für seine »Grobheit« beschwert. Aber hinter seinem Rücken fällten Schweizer das schlimmste denkbare Urteil: Es fehle Kellner an »Swissness«.

Als Kellner dieses Urteil von einem wohlmeinenden Nachbarn hintertragen worden war, tat er das, was er zeit seines Lebens immer am besten gekonnt hatte – er passte sich an. Nicht unbedingt aus Überzeugung oder gar gutem Willen, eher aus Opportunität. Man wisse ja nie, wen man wann gut gebrauchen könne – auch einen Schweizer –, pflegte er gerne mit einem Lachen zu bemerken.

Und er hatte die Haushälterin angewiesen, für Gäste zumindest einen Fendant du Valais und einen »Staatsschreiber Blauburgunder« aus dem eigenen Kanton bereitzuhalten, auch wenn er selbst mehr die schweren Weine aus Sizilien und Kalifornien schätzte. Aber auch die »harten Drogen«, wie Kellner gerne scherzte, durften nicht fehlen. Obstbrände aus der Region und eine Auswahl feiner Whiskys. Für sich selbst und gute Freunde hatte Kellner immer einen Glenmorangie offen, der in angekohlten Eichenfässern gereift war. Allein für ihn selbst indes war der 25 Jahre alte Ardbeg reserviert. Aber das war eine andere Geschichte.

»Wie lange willst du denn noch hierbleiben, Meinhard?«

»Du, das hängt nicht von mir ab.«

»Hast du Probleme mit den Eidgenossen?«

»Weniger. Eher mit unseren Landsleuten jenseits des Bodensees.«

Ralph kannte Meinhard erst seit einem halben Jahr, aber er hatte schon viel von ihm gehört. Allerdings mehr Gerüchte als Fakten. Sie hatten ihn indes nicht minder neugierig gemacht.

»Erzähl doch mal«, begann er vorsichtig. »Man hört ja so dies und das, ohne etwas Richtiges zu erfahren.«

»Da gibt es eigentlich nicht viel zu erzählen«, antwortete Kellner ausweichend. »Ich habe ein paar Probleme mit den deutschen Steuerbehörden.«

»Na, da bist du ja nicht der Einzige an diesem See und in diesem schönen Land. Gut, dass es in der Mitte Europas die Institution Schweiz gibt.«

»Da sprichst du große Worte gelassen aus, mein Lieber. Gäbe es die Schweiz nicht, hätte ich nach Südamerika gehen müssen.«

»Wie damals die alten Nazis«, versuchte Ralph zu witzeln, merkte aber schon an Kellners kurzem Blick, dass er die gemeinsame Gesprächsbasis gerade verlassen hatte.

»Im Gegensatz zu denen bin ich kein Verbrecher und ein Mörder schon gar nicht!«, zischte Kellner.

»Du, entschuldige, dass wollte ich nicht mal andeuten«, ruderte Ralph zurück. »Aber was bist du dann? Ein Exilant?«

»Und das Opfer eines deutschen Justizirrtums!«, entfuhr es Kellner. »Genauso ist es, lieber Ralph. Die haben mich kalt erwischt. Ich und nicht nur ich allein, sondern alle Mitarbeiter und alle wesentlichen Leute in der Branche waren überzeugt, dass wir vollkommen legal handelten. Wir haben quasi Cum-Ex erfunden. Sagt dir das was?«

Ralph nickte. »Aber das war doch im Ergebnis kriminell – Steuerhinterziehung.«

»Du, das ist ein großes Wort: *Steuerhinterziehung*«, sagte Kellner gedehnt. »Weißt du, was das ist? Ich war doch selbst jahrelang beim Finanzamt, und ich war gefürchtet, weil ich eine Nase für Steuerhinterziehungen hatte, für Menschen, für Firmen, die dem Staat vorenthielten, was ihm nach den Steuergesetzen zustand. Doch ich habe nur eine Gesetzeslücke gefunden und auch genutzt.«

»Wie lange ist das gut gegangen?«

»Viele Jahre!«

»Und der Staat, das Finanzministerium? Haben die nichts davon mitbekommen?«

»Doch, klar, Banken haben das Ministerium ja sogar gewarnt und trotzdem ist jahrelang nichts passiert.«

»Wieso?«

»Vielleicht auch, weil wir Gutachten geschrieben haben, die bewiesen, dass Cum-Ex rechtens ist? Wer weiß?« Kellner grinste.

»Du meinst, deine Kanzlei und andere, die an dem Geschäft beteiligt waren, haben ihr Tun selbst begutachtet?«

»Yes, Sir!«

»Und keiner hat was gemerkt?«

»Gemerkt vielleicht, aber da gab es dann ja auch noch die Gutachten und denen hat keiner widersprochen. Das war sakrosankt, wie die Zehn Gebote.«

Ralph schüttelt bedächtig den Kopf. »Weißt du, in meiner Branche erlebe ich ja schon genug Schwachsinn, den man keinem Außenstehenden erzählen mag …«

»Ach, du meinst deine Kamelversicherung«, ging Kellner lachend dazwischen.

»Das ist eher noch ein harmloser Fall. Ich war hier eigentlich vor Jahren angesetzt, um ein Versicherungsmodell für Deutsche in Liechtenstein aufzubauen. Ein Millionengeschäft. Nicht ganz mit dem deutschen Steuerrecht vereinbar, aber von hier aus durchaus realistisch.«

»Und?«

»Berlin hat davon Wind bekommen – die Merkel persönlich. Angeblich hat sie meinen CEO direkt angerufen und gedroht, ihn von der Gästeliste des Kanzleramtes zu streichen, wenn er das Ganze nicht sofort stoppt.«

»Ich kann mir vorstellen, wie der reagiert hat.« Kellner grinste finster. »Keine Einladung mehr zum Tête-à-Tête mit ›Mutti‹, das ist eine mächtige Waffe.«

»Ja, manchmal funktioniert die Welt wirklich so, wie der kleine Fritz sie sich vorstellt«, sinnierte Ralph, »oder wie im Dichterstübchen ausgedacht. Und deine Geschichte erinnert mich doch sehr an ein Drama, das ich zu Schulzeiten lesen musste: *Biedermann und die Brandstifter*.«

»Zu viel der Ehre«, ironisierte Kellner die Bemerkung.

»Nun gut, du wolltest nicht gleich das Haus Bundesrepublik anzünden, aber du hast dich und deine Klienten schwer aus diesem Haus bedient.«

Kellner spürte, wie er ärgerlich wurde. Moralin versprühen, aber meinen Wein saufen und das nicht zu knapp, dachte er, verzog jedoch keine Miene. Laut antwortete er: »Nun lass mal die Kirche im Dorf, wenn ich das als Atheist so sagen darf.«

»Wieso Atheist? Du meinst, du bist nicht mehr in der Kirche?«

»Nein, bin ich nicht – schon vor Jahren ausgetreten.«

»Getreu deinem Grundsatz: ›Steuern jeglicher Art gilt es zu vermeiden!‹«

»Lieber Ralph, du hast es erfasst!« Kellner lachte ihn an. Seine gute Laune kehrte wieder zurück. »Und mit dieser Einstellung lebe ich auch hier in der Schweiz sehr gut.«

»Und mit den Steuersätzen erst recht – oder? Du hast doch richtig Kapital in den Ort hier gebracht.«

»Das kannst du annehmen. Und ich wurde hier willkommen geheißen – ›höchst willkommen‹, wenn du weißt, was ich meine.«

»Und daraufhin hast du mit der Gemeinde einen schönen Steuersatz für dich ausgehandelt, vermute ich.« Ralph grinste.

»Davon würde ich an deiner Stelle ausgehen. Hier sind einfach Dinge möglich, wie sie in Deutschland undenkbar wären. Andererseits wäre ich als Steueranwalt in der Schweiz ziemlich unterbeschäftigt, wahrscheinlich sogar arbeitslos. So einen wie mich brauchen die Eidgenossen nicht. Die machen einfach zu gute Steuergesetze.«

»Ja, das hat mich auch gewundert, als wir hierhergezogen sind. Dass ich einmal von einem Finanzamt eine ›Einladung‹ zur Abgabe meiner Steuererklärung bekäme, hätte ich mir in den kühnsten Träumen nicht vorstellen können. Und sie setzen keine Fristen und sprechen nicht von Sanktionen. Die Swissis, mit denen ich gesprochen habe, die zahlen sogar beinahe gerne ihre Steuern.«

»Da gibt es ja auch nicht diese Verschwendung wie bei uns. Die Deutschen zahlen ein Vielfaches der Steuern eines Schweizers und haben dafür einen wesentlich maroderen Staat als die Eidgenossen. Ich denke nur an meinen Enkel. Der konnte in der Grundschule nicht mal aufs Klo gehen, weil alles kaputt war. Hier arbeiten die Kinder schon in der Grundschule mit MacBooks und die Lehrmittel – bis hin zum Bleistift – sind auch noch umsonst.

Es ist ein Skandal. Die deutsche Politik macht schlechte Steuergesetze, die Justiz braucht einen Buhmann, um Nachahmer abzuschrecken, und ich bin das Arschloch, der Watschenmann. Und das Schönste – du glaubst es kaum: Für einige meiner Klienten bin ich nun auch schon der Böse und sie die Opfer. Ganz schön frivol, was? Dabei habe ich doch für sie die Gelddruckmaschine angeworfen.«

Kellner gießt sich einen doppelten Glenmorangie ein und stürzt ihn in einem Zug hinunter.

»Meinhard, lass das doch«, mischt sich seine Frau Sibylle ein. »Das ist schon der vierte innerhalb der letzten Stunde. Das bringt doch nichts und macht dich auch nicht glücklicher.«

»Glücklicher nicht, Liebes – aber es beruhigt meine Nerven. Und die haben es bitter nötig!«

Der Whisky tut seine Wirkung. Dr. Meinhard Kellners Nervenkostüm entspannt sich und der Alkohol lockert zugleich ein wenig seine Zunge. Ein Makel, den er in den letzten Jahren immer deutlicher an sich bemerkt hat, den er aber unter Kontrolle zu haben glaubt. Auch die Gründe sind ihm klar. Der einst so erfolgreiche Erfinder von Steuersparmodellen, dessen überbordendes Ego auch seine Klientel beeindruckt hat, sitzt in der Falle. Diese Falle mag zwar gut gepolstert sein, aber ihm sind die Hände gebunden. Aus der Schweiz heraus zu handeln ist bei Weitem nicht so einfach, wie es das von Frankfurt, Düsseldorf oder München aus war. Das hatte auf sein Ego erschreckende Auswirkungen.

Der Verdacht, abgehört zu werden, hätte ihn in Deutschland erschreckt, in Panik versetzt. Als es jedoch hier vor einiger Zeit in seiner Telefonleitung »knackte«, empfand Kellner plötzlich ein Gefühl der Euphorie. Zeigte es ihm doch, in seinen Augen zumindest, dass er noch wichtig war und kein »Mann von gestern«. Keiner, der sich zur fortgeschrittenen Stunde und nach entsprechenden Mengen Alkohol mit seinen Erfolgen von damals produzieren musste wie ein Großwildjäger mit seiner Trophäensammlung, um zu spüren, dass er noch lebt. Doch tatsächlich war er genau das.

In Ralph hatte er heute Abend das richtige Opfer gefunden. Der deutlich jüngere Manager hing an seinen Lippen und auch seine Frau schien die kleine Spitze von vorhin vergessen zu haben. Sie passte in ihrem kanariengelben Sommerkleidchen und den dazu passenden

Schuhen geradezu entzückend zu dem sich so weltmännisch gebenden Gatten. Kellner ließ seine Blicken an ihr hinuntergleiten und dachte sich seinen Teil. *Aber, Annette, wie bieder, und dann noch dieser Dialekt – ach nein!*

Laut sagte er, um die Aufmerksamkeit seiner Zuhörer zurückzugewinnen: »Ich darf und will natürlich keine Namen nennen – aber ich kann Ihnen Geschichten erzählen: Sodom und Gomorrha!

Ich hatte da einen Klienten, typischer Mittelstand, aus der Nähe von Oldenburg. Der hatte einen Zulieferbetrieb für die Autoindustrie von seinem Vater übernommen. Ganz gediegen und brav Kabelbäume geliefert, seine Mitarbeiter fair bezahlt und seine Steuern regelmäßig abgedrückt. Dann kommt die Wende. Der Mann aus dem tiefen Westen, für den bis 1989 hinter der Elbe die Taiga begann, entdeckte den Osten.

Zunächst kann er sich von der Treuhand ein kleines Kombinat für Autoelektrik in Thüringen sichern, die hatten gute Geschäftsbeziehungen in die Sowjetunion. Anfangs geht da alles drunter und drüber, aber dann sichert sich seine Firma einen Fahrzeugelektrobetrieb bei Kiew. Die stellen die Kabelbäume aus Oldenburg schneller, billiger und in größerer Stückzahl her. Das Werk in Niedersachsen wird umgerüstet, baut nun Bordcomputer, alle Betriebe sind höchst profitabel und unser Mann schwimmt im Geld – zahlt aber natürlich auch kräftig Steuern. Es dauert nicht lange und ich bekomme einen Anruf von ihm. Steuersparmodelle habe ich ja viele, deswegen empfehle ich ihm zunächst komplexe internationale Geschäfte – erfolgreich. Jetzt habe ich ihn an der Angel!«

»Ein wahrer Meister der Gier bist du, mein Lieber!«, schmeichelt Ralph.

»Ja, auch der meinen – deswegen sitze ich ja hier. Aber weiter im Text: Bald schlage ich meinem Neukunden Cum-Ex vor. Ich habe ihn einfach besoffen geredet und er ist abgefahren wie Nachbars Luzie. Zwanzig Prozent Rendite in weniger als zwei Monaten – das haben wir geschafft. Doch dann will er noch mehr, denkt, er kann mein System melken wie eine Kuh, will zehn Millionen in einer Woche verdienen. Sollte das nicht klappen, dann habe er gute Verbindungen zu Kreisen in der Ukraine und in Tschetschenien. Da habe ich es mit der Angst zu tun bekommen. Und so etwas ist mir nicht nur einmal passiert.«

»Warum hast du dann nicht einfach aufgehört?«

»Ganz ehrlich? Weil auch ich gierig war, gierig bin und weil mir der Job Spaß gemacht hat.«

Mittlerweile waren alle andere Gespräche auf der Terrasse zum Erliegen gekommen. Die restlichen Gäste sammelten sich um Meinhard Kellner und hörten dem Gastgeber gespannt zu.

»Ich sehe mich noch, wie ich in einer Bankenzentrale als Finanzbeamter geprüft habe. Nicht schlecht bezahlt, A 15, und in kurzer Zeit Regierungsdirektor. Doch dann sitze ich da bei der Primus Bank, gehe mit einem Vorstand Zahlen durch und der sagt plötzlich:

›Ach Herr Kellner, jetzt sitzen Sie hier schon den ganzen Tag und es wird ein langer Abend. Einladen zum Essen darf ich Sie ja nicht. Aber einen Whisky, den darf ich Ihnen doch anbieten.‹

Er kannte mein Liebe zu den schottischen Freunden und nach kurzem Zögern sagte ich Ja. Ich war mir auch sicher, dass ich ihm vertrauen könnte. Wir kannten uns seit Jahren. Wir waren fast gleich alt und hatten unsere Karrieren fast gleichzeitig begonnen. Er kam dann mit zwei Gläsern und einer ganz ungewöhnlichen Flasche für einen Whisky, leicht bauchig, wie für einen Côtes du Rhône.

›Ich wette, so einen haben Sie noch nie getrunken: Ardbeg, 25 Jahre alt.‹

Und der Mann hatte recht. Solch einen Single Malt hatte ich noch nicht getrunken. Nach dem Preis zu fragen traute ich mich nicht. Aber am nächsten Morgen war ich in einem Spirituosenladen auf der Freßgass.

›Ich interessiere mich für einen Ardbeg, 25 Jahre alt.‹

›Ardbeg? Tina, haben wir einen 25-jährigen Ardbeg im Sortiment?‹

›Im Schaufenster nicht, im Lager schon. Du weißt schon, ›Bankers Delight‹, nennt ihn dieser Manager von der Primus Bank immer.‹

›Ach denn meinst du! – Darf ich ihn Ihnen als Geschenk einpacken?‹

›Was kostet er denn?‹, fragte ich vorsichtig.

›1790 Euro, wollen Sie mit Kreditkarte bezahlen?‹

Es war einer der peinlichsten Momente meines bisherigen Lebens. Eine Entschuldigung flüsternd, sehe ich mich noch heute den Laden verlassen. Kalte Wut kroch in mir hoch.

Warum der und nicht ich! Ich kann doch mindesten genauso viel wie der!

Ein paar weitere Erlebnisse dieser Art und ein paar schlaflose Nächte und ich habe die Seiten gewechselt und die spannendste Zeit meines Lebens begann.

Endlich konnte ich ›auf Augenhöhe‹ arbeiten, wenn du weißt, was ich meine. Ich habe mir die besten Steueranwälte geholt. Wir hatten beste Kontakte in die Finanzverwaltung bis rauf in die Wilhelmstraße in Berlin. Unsere Meinung war gefragt, manchen Gesetzentwurf konnten wir im Sinne unserer Klienten beeinflussen. Meist wurden wir rechtzeitig über geplante Gesetzesänderungen informiert und konnten gegensteuern. Und wir waren und wir sind ja nicht die einzigen.

Von einem befreundeten Steueranwalt stammt der gegenüber seinen Mitarbeitern geäußerte Satz: ›Wer sich nicht damit identifizieren kann, dass in Deutschland weniger Kindergärten gebaut werden, weil wir solche Geschäfte machen, der ist hier falsch!‹ Und alles war legal und damit für mich auch legitim.«

»Aber hast du da nicht eine Grenze überschritten: von der Steueroptimierung zum – gestatte – Steuerraub?«

Kellner merkte, wie die Wut von zuvor wieder in ihm aufstieg. »Papperlapapp, das ist doch nun wirklich Altweibergewäsch, teurer Ralph. Du hast vorhin schon einmal so eine Bemerkung losgelassen. Gestatte: Die Finanzbranche ist kein Ponyhof, genauso wie deine Versicherung. Entweder das Geschäft geht oder der Verkäufer – das ist doch eine alte Weisheit, die unsereinem in Fleisch und Blut übergehen muss, sonst sind wir nämlich am falschen Platz und brauchen uns nicht wundern, wenn's bergab geht – verstanden?«

Ralph fühlte sich wie ein Schulbub, der vom Klassenlehrer abgekanzelt wird, und versuchte den immer lauter werdenden Gastgeber zu beschwichtigen: »Gab es denn auch andere Investoren? Solche, die deinem Beispiel nicht gefolgt sind; die Cum-Ex abgelehnt haben?«

»Ja, solche ausgemachten Trottel hatte ich auch. Aber es waren wenige. Der prominenteste war wohl Lothar Späth, Ex-Ministerpräsident von Baden-Württemberg und damals Chef von Jenoptik. Der durchschaute unsere Methode und untersagte für seine Firma eine Beteiligung.«

Annette stupste ihren Mann an und raunte: »Siehschst, wenn schon dos Cleverle nix zu tun habe wollt mit dem Herrn Kellner, dann sollte ma uns fei au a bissl zurückhalte. Was meinscht? Wollet wir net langsam gehe – s'isch au scho spät. Kumm.«

»Du hast vielleicht recht, Schatz.« Flüsternd fügte er hinzu: »Kellner ist schon ein komischer Kauz. Der lebt irgendwie in einer eigenen Welt.«

Mit einigen freundlichen Floskeln verabschiedet sich das Paar von den Gastgebern. Meinhard Kellner nahm ihr Gehen kaum zur Kenntnis, zu sehr hat er sich vor seinem Publikum in Rage geredet.

Als sie das Grundstück verließen, hören sie noch einzelne Wortfetzen seines Vortrages: »dummes Zeug …«, »vollkommener Quatsch …«, »völlig ahnungslos …«

Der Abgang der Dolders diente dann auch den anderen Paaren als Signal für den Aufbruch. Höflich wartete man ab, bis der Gastgeber in seinem Endlosmonolog eine kurze Pause einlegte, um dann dem Paar die Hand zu drücken.

»Reizender Abend!«

»Bis bald!«

»Schön, dass Sie da waren!«

Kellner war erschöpft. Der Abend hatte ihn mehr mitgenommen, als er sich eingestehen wollte. Noch einmal war sein Leben der letzten zwanzig Jahre an ihm vorbeigezogen. So hatte er den Abend nicht geplant.

Mittlerweile war es auch weit nach Mitternacht und er als Gastgeber alles andere als nüchtern. Ein letzter Ardbeg sollte ihm die nötige Bettschwere verschaffen.

Leicht schwankend näherte er sich der Hausbar, doch der Whisky fand zielsicher ins Glas, als plötzlich das Handy klingelte.

»Wie in einem schlechten Krimi«, dachte Kellner.

»Bist du es, Meinhard?«

»Ja, wer ist dran?«, antwortete er mit schwerer Zunge.

Aber auch sein Gesprächspartner schien alles andere als nüchtern.

»Mensch, Manfred, dein Co – du wirst dich erinnern.«

»N'türlich, Blödsinn – was gibt mir die Ehre zu so später Stunde«, versuchte Kellner trunken, witzig zu sein.

»Meinhard, ich konnte nicht mehr – ich habe heute reinen Tisch gemacht!«

»Was hast du?« Kellner war plötzlich hellwach und stocknüchtern.

»Ich habe heute Abend den Halbach getroffen und mich als Kronzeuge angeboten!«

»Dass du blöd bist, habe ich befürchtet, dass du auch noch ein Schwein bist ... Scheiße, freu dich, dass du so weit weg bist ...«

Kellner hielt inne. Was, wenn das Gespräch abgehört würde? Jedes weitere Wort könnte als Geständnis gewertet werden.

Er war jetzt wieder nüchtern genug, um seine Wut zu unterdrücken und dem Gespräch eine ganz andere Wendung zu geben.

»Dann hoffe ich, dass du mit dem Herrn Staatsanwalt einen schönen Abend hattest. Und du hast dich ihm als Kronzeuge angeboten? In welcher Angelegenheit? Hast du etwa krumme Geschäfte gemacht, von denen ich nicht wusste?«

Kellner merkte, wie seinem Gesprächspartner die Luft wegblieb.

»Du Manfred, es ist schon spät. Lass uns doch bei anderer Gelegenheit weiterplaudern. Ich bin gespannt, was du mir alles zu gestehen hast. Ich wünsche dir eine gute Nacht.«

Als Kellner das Handy ablegte, merkte er, wie ihm die Hand zitterte.

Jetzt war eingetreten, was er über all die letzten Jahre hinweg immer befürchtet hatte. Die Justiz wollte ihm ernsthaft an den Kragen.

Einen Kragen, den er, so seine innerste Überzeugung, immer noch für weiß hielt, in schwachen Stunden maximal für hellgrau, um im Bild zu bleiben.

Und glücklicherweise gab es ja auch noch die Schweizer Grenze, über die selbst der lange Arm der bundesdeutschen Justiz nur in wenigen Ausnahmefällen greifen konnte. Und die ›Causa Kellner‹, so war er sich sicher, gehörte nicht dazu.

Kapitel 13
Auch Richter lesen Zeitung

»Sie müssen hier mal raus«, hatte ihm sein Arzt geraten. Ein Gleiches sagten ihm seine Frau, seine Kinder tagtäglich. Aber Sebastian Franck ließ sich lieber ins Altenteil seiner Weinheim Bank fahren, wo sich in seinem Büro die Cum-Ex-Akten inzwischen derart türmten, dass er selbst nur noch mit Mühe die aktuell in Rede stehenden Schreiben der Behörden sowie die Antworten seiner Anwälte heraussuchen konnte. Zum Ärger seiner Frau schleppte er Akten heim, aß mit ihr zu Abend, verschwand danach in seinem Arbeitszimmer und las dann erneut bis kurz vor Mitternacht.

Sein Jahrgangsgenosse, ein Ex-Senator der Stadt, mit dem er seit Jahrzehnten bei Senatsempfängen plauderte, hatte ihm empfohlen, sich an den Ersten Bürgermeister zu wenden. »Blödsinn, der Bürgermeister kann objektiv nichts tun. Der Typ kann und darf doch nicht eingreifen, schon gar nicht in Ermittlungen der Finanzbehörde. Sollten Presse oder Staatsanwaltschaft nur ein Fünkchen davon erfahren, blasen sie selbst die Hetzkampagne von Neuem auf. Lassen Sie das.« Mit diesen Worten hatte

ihm ein altgedienter Wirtschaftsredakteur abgeraten.
Aber Franck hatte nicht auf ihn hören mögen: Juristen
sind nämlich – das wird Studenten bereits in der ersten
Juravorlesung eingebläut – grundsätzlich allwissend.

Stattdessen war er zweimal mit Dave ins Rathaus
gepilgert: Der Herr Bürgermeister möge vielleicht zu
stiller Stunde ein paar Seiten über die verlogene Kampagne gegen die Hamburger Weinheim Bank lesen. Der
Herr Bürgermeister werde schnell erkennen, dass die
Frankfurter Investmentbanker gegen jede Ethik versto-
ßen, die Weinheim Bank über Jahre betrogen und in
eine steuerpolitische Falle gelockt hätten. Sie seien nicht
mit der Illusion gekommen, der Herr Bürgermeister
könne helfen, unterstrichen sie. Angesichts der Medi-
enkampagne sähen sie sich allerdings verpflichtet, ihn
über die Fakten zu unterrichten. Letzten Endes ginge es
um das traditionelle Family-Office-Geschäft der Weinheim Bank.

»Da zählen wir zu den Marktführern in Europa«,
sagte Dave. »Und genau darum geht's. Die Frankfurter
Clique setzt alles daran, unser Family-Office zu erbeu-
ten. Denn die digitalisierte Finanzindustrie kennt nur
einen wirklich schmackhaften Bissen: Family-Office,
die Betreuung der Milliardenvermögen großer Familien.«

Der Herr Bürgermeister hatte mit versteinert grin-
sendem Lächeln das Papier entgegengenommen, kurz
»Danke« gesagt und es auf einem Tischchen beiseitege-
legt. »Die Primus Bank bekümmert sich ja wie keine

andere Bank um die Finanzen von Staatspräsidenten«, hatte der Bürgermeister gescherzt und beide Eigentümer der Hamburger Privatbank hatten pflichtschuldig gelacht. Man hatte noch ein wenig über die Kanzlerin und den Moskauer Diktator gesprochen. Nach vierzig Minuten hatte der Herr Bürgermeister seine beiden Mitbürger mit warmen Worten bis zur großen Treppe begleitet. Auf dem Rathausplatz hatte es geregnet.

»Ob er unser Papier lesen oder in den Schredder werfen will, das behält er für sich«, sagte Dave Weinheim. Am Abend zuvor hatte ihn seine neunzigjährige Mutter aus New York angerufen. »Komm zurück zu uns«, hatte sie gesagt. »Deutschland tut unserer Familie nicht gut.« Später hatte dann sogar noch ein zweiter, ebenso überflüssiger Termin mit dem »Grinsomaten« – wie ihn Dave taufte – stattgefunden. An den ersten wie an den zweiten wusste sich der Herr Bürgermeister Monate später bei bestem Willen nicht zu erinnern.

»Sie müssen wenigstens zehntausend Schritte pro Tag gehen, wenn sie sich einigermaßen fit halten wollen. Sonst …« Über Monate hinweg mochte Franck dem Rat seines Arztes nicht folgen. In der deutschen Öffentlichkeit war er inzwischen als der charakterloseste Banker des Landes verschrien. Selbst der alte Kapitän, mittlerweile in hohen Greisenjahren, hatte sich eines Tages bei ihm erkundigt: »Stimmt dat?« Worauf der Bankier nur den Kopf geschüttelt hatte und seither allein im Watt wanderte, falls er einmal die Zeit dazu fand. Am gleichen Tag, zur selben Stunde meldete die Nachrichtenagentur

Bloomberg, vierhundert Banken und Versicherungen in aller Welt hätten illegale Cum-Ex-Kreisgeschäfte betrieben. Es gäbe mehr als tausend Beschuldigte. Bislang seien lediglich zwei Londoner Broker und zwei Mitarbeiter der Weinheim Bank verurteilt worden.

Nachdem Franck die Anklage der Kölner Staatsanwaltschaft zugestellt worden war und seine Verteidiger begonnen hatten, quasi rund um die Uhr mit ihm zu konferieren, war ihm klar geworden, dass er jetzt erst einmal allein sein musste, um über sich und die Kampagne nachzudenken. Allein sich durch Kunst und Natur vom Kampagnengeschehen ablenken, allein das Berliner Schloss betrachten, allein über den Schlossplatz ins Scheunenviertel spazieren. Immer musste er mit freundlicher Miene seine Verteidiger empfangen, ihren langatmigen Vorträgen lauschen, obwohl sie seit Monaten nichts Wesentliches für ihn erreicht hatten, jedoch kontinuierlich Honorarabrechnungen schickten. Der Betrag summierte sich inzwischen auf zweistellige Millionensummen.

Für Franck gab es drei Gruppen von Verteidigern in Strafrechtsfällen. Zur ersten Gruppe zählte er die bedauernswerte Masse kleiner Anwälte, die bis ins hohe Alter gewöhnliche Diebe, übergriffige Migranten aus aller Welt und Schläger auf Staatskosten vertreten müssen. Auf Clandelikte wie Raub, Auftragsmord und internationalen Drogen- und Menschenhandel waren seiner Beobachtung nach Anwälte der Gruppe zwei spezialisiert, die maßgeschneiderte Porsche fahren und sich in ebendiesem Milieu pudelwohl fühlen. Mit der Gruppe drei hatte er es zu tun. Das waren die Verteidiger in Wirtschaftsstrafverfahren, die mit erhobener Nase zur Besprechung bei ihren Mandanten erscheinen und zusammen mit Wirtschaftsprüfern direkten Draht zu den politischen Entscheidungsträgern pflegen. Als Camouflage dient dieser selbstverliebten Spezies allerlei Charity und Nähe zu Dichtung, Musik und Theater.

Vielleicht war es der völlig unerwartete Tod seiner ebenso charmanten wie klugen ersten Strafverteidigerin gewesen, der Franck zu schweigsamer Einkehr bewegt hatte. Vor seinem inneren Auge sah er ständig diese tote Aphrodite. Es war jene Aphrodite, die mit der Klugheit der Athene gesegnet gewesen war.

»Wir rufen dich an, wenn sie dich erschießen wollen.« Mit diesen Worten hatte seine Frau ihn verabschiedet. Er hatte darüber nicht lachen können und hatte seinen Chauffeur angewiesen, ihn umgehend nach Berlin zu kutschieren. Noch bevor die Autobahn Richtung Berlin erreicht war, klingelte sein Handy. Es war der pensionierte Wirtschaftsredakteur. »Haben Sie das Münchner Blatt zur Hand?«, fragte der und fuhr fort: »Ich habe Ihnen seit der ersten Hausdurchsuchung gesagt: Politiker beider großen Parteien und die Primus Bank inszenieren einen Schauprozess gegen Sie. Einen Schauprozess à la Stalin. Glauben Sie nicht, das hätte keine Wirkung. Auch Richter lesen bekanntlich Zeitung, sehen Tagesschau. Nach alldem, was bis jetzt über Sie, lieber Herr Franck, geschrieben und rapportiert

wurde, ist jede Strafkammer in Deutschland gegen Sie
voreingenommen. Sie sind vorverurteilt, noch ehe Sie
den Gerichtssaal betreten haben.«

Der alte Bankier wurde ärgerlich: »Und woher nehmen Sie Ihre Weisheit?«

»Lesen Sie Seite 15 des Münchner Blatts. Das hilft
Ihnen und all Ihren fabelhaften Anwälten. – Und
tschüss.« Der Journalist hatte aufgelegt.

An der nächsten Autobahnraststätte waren außer
Bild alle Tageszeitungen ausverkauft. So musste sich
Franck gedulden. Glücklicherweise konnte die Rezep-
tion des Hotels helfen. Er las den Bericht der Münchner Zeitung und den nebenstehenden Kommentar und
wusste nicht, ob er lachen oder weinen sollte.

Vor der Lektüre hatte Franck noch ein Fünkchen
Vertrauen in die Neutralität der Justiz besessen. Der alte
Bankier legte die Zeitung nieder. Die deutsche Justiz
hatte ihn also nachweislich längst vorverurteilt – gera-
deso wie es ihm sein journalistischer Bekannter pro-
phezeit hatte. Die Justiz hatte sich zwar bislang den
Anschein gegeben, nicht recht zu wissen, ob sie ein
Strafverfahren gegen ihn eröffnen solle. Doch intern
hatten die Richter offenbar untereinander längst einen
Fahrplan abgesprochen. Sie waren allesamt von seiner Schuld überzeugt. Denn was hatte es anderes zu
bedeuten, wenn der Vorsitzende Richter einer Kammer
des Landgerichts insgeheim schon Akten über Zeugen
anlegte, deren Aussagen in einem Prozess gegen Franck
als glaub- oder unglaubwürdig zu werten seien? »Wie

kann es sein«, fragte der Kommentator, dass ein Richter darüber nachdenkt, wie die angebliche Schuld bewiesen werden kann, bevor überhaupt feststeht, ob es zu einer Gerichtsverhandlung kommt?«

»Sie dürfen aufatmen«, teilte ihm einer seiner Verteidiger am Telefon mit. Beruhigend wirkte es nicht auf Franck. Sie werden nicht aufgeben, mich zu verfolgen, dachte er. Tatsächlich hatten die Damen und Herren Investmentbanker in Frankfurt und London weiter ihre Hände gegen die Weinheim Bank im Spiel. Denn die Qualitätszeitung vor Ort brachte im Finanzteil kein Sterbenswörtchen über den üblen Justizskandal. Eine Entschuldigung des Landgerichts oder des zuständigen Justizministers stand nicht zu erwarten. Die Kampagne gegen die Hamburger Privatbank lenkte die Öffentlichkeit bestens davon ab, dass Politiker als Aufsichtspersonen der Landesbank Cum-Ex-Geschäfte von mehr als zwanzig Milliarden Euro gutgeheißen hatten.

Doch an diesem Nachmittag wollte sich der alte Herr nicht mehr damit beschäftigen. Noch im Sonnenschein wollte er das wiederentstandene Geviert des Schlossplatzes bewundern. Dort jedoch erinnerte er sich an Klaus Fabius, den Topmanager der bayerischen Elektroindustrie, der unlängst tausend neue Arbeitsplätze im Norden Berlins geschaffen hatte und so sauer auf die Menschen in der Hauptstadt war, dass er, mit wem auch immer er sich traf, Berlin geradewegs verteufelte: »Machen Sie nie der Stadt Berlin ein Geschenk. Unterstützen Sie dort niemals und auf keinen Fall eine künstlerische Initiative. Sie ernten nur den Undank linker Medien, Pöbeleien selbsternannter Aktivisten und werden schlussendlich an den beiden Unis als Neofaschist diffamiert.«

Aber Franck hatte das nicht akzeptiert, denn der Münchner Manager Fabius war kein Jurist, sondern *nur* studierter Diplomingenieur von der Universität Basel. Der Bankier hatte privat, aus eigener Tasche, mit einer hohen sechsstelligen Geldsumme zwei große Skulpturen für die wiedererrichtete Fassade des Hohenzollernschlosses finanziert. Auf Basis der von alten Fotos per Computersimulation erfassten Abmessungen hatten die Steinmetze die klassischen Damen und Herren neu geschaffen. Staunend hatte Franck die Werkstatt alle vier Monate besucht und war beglückt davon. In Polen hatte die kommunistische Führung nach dem Krieg die Steinmetzkunst erhalten und sogar gefördert, um die schönsten Ensembles von Warschau, Krakau und Danzig aus den Trümmern neu erstehen zu lassen, ganz im Gegensatz zu den absoluten Feinden jeglicher Kunst in der DDR, wie dem SED-Staatsratsvorsitzenden Walter Ulbricht, der 1950 die Sprengung der vom Bombenkrieg verschonten Reste besagten Berliner Stadtschlosses befohlen hatte.

Francks Begeisterung war im Sommer 1993 geweckt worden, als er die gemalte Simulation der Fassade gesehen hatte. Er war sofort dem Förderverein für die Rekonstruktion des Schlosses beigetreten und hatte kurz darauf befremdet davon gelesen, dass ein Großteil der Berliner Bevölkerung den Wiederaufbau vehement ablehnte. Die früheren SED-Funktionäre, die jetzt als Linke im Bundestag saßen, schluderten im Netz etwas von »Disneyland am Schlossplatz«. Dass Wilhelm von Boddien, der Initiator und unermüdliche Wegbereiter des Wiederaufbaus, obendrein von »postkolonialen Aktivisten« persönlich angegriffen wurde und Spendern des Fördervereins politische Rechtslastigkeit unterstellt wurde, verstand er nicht. Das irrationale Berliner Gezänk war ihm und seiner Frau schließlich so zuwider gewesen, dass sie vom Kauf eines charmanten Privathauses mit einmaligem Blick über den Wannsee zurückgetreten waren. Dave Weinheim, der davon erfuhr, rief Franck an: »Die Stimmung in Berlin, das ist wie vor der NS-Zeit.«

Trotz seines Alters war Franck noch gut zu Fuß und kaufte sich vor dem Alten Museum eine Tüte gerösteter warmer Mandeln. Nach ein paar Schritten ließ er sich auf der Holzbank vor der steinernen Schüssel nieder. Hat das heutige Berlin überhaupt noch irgendetwas mit Preußen zu tun?, fragte er sich. Berlin, war das nicht seit der Weimarer Republik immer die Hauptstadt der Finanzskandale gewesen? Von Sitten- und Drogenskandalen der Kunstszene gar nicht zu reden. Dazu noch die schlimmste Inflation seit Menschengedenken und ein absolut ungebildeter Bürstenbinder wie Max Klante, der kaum seinen eigenen Namen zu schreiben wusste, aber zum Beglücker aller Trabrennbahnbesucher und der »feinen Baliner Jesellschaft« wurde. War der Barmat-Kutisker-Finanzskandal 1924 für die deutsche Sozialdemokratie nicht von gleich desaströsem Kaliber

gewesen wie in den siebziger Jahren das Steglitzer Mil-
lionendebakel der blonden Architektin Sigrid Kress-
mann für die Freidemokraten?

Diese attraktive Frau hatte ihm damals imponiert.
Alle Welt hatte Schlechtes über sie verbreitet, die west-
deutsche Presse war über sie hergezogen. Und dennoch
hatte sie sich durchgesetzt und das Hochhaus, den
Steglitzer Kreisel, samt Shopping Mall errichtet. Hatte
die staatliche Berliner Bank bei der Vergabe der Inves-
titions- und Betriebsmittelkredite für die Architektin
nicht vorsätzlich weggeschaut? Wer von all den Berliner
Politikern hatte vor dem Fall der Mauer die Ausfall-
bürgschaften des Senats gegenüber den Kreditinstituten
ernsthaft prüfen lassen?

Günter Rexrodt, der ehemalige Finanzsenator, hatte
ihm privat haarsträubende Fälle erzählt. Das hatte seinen
Grund: Seit 1963 war innerstädtisches Wirtschaftswachs-
tum in Westberlin oberste politische Devise des Berliner
Senats gewesen. Welcher schräge Vogel auch immer zu
Wachstum und Beschäftigung beitrug – Sozial- und
Christdemokraten waren sich darin einig gewesen –:
Bitte nicht genau hinschauen! Besser mal wegschauen!
Geld kam sowieso immer reichlich aus Bonn.

Hatten die Bundesregierungen von Schröder bis
Merkel im Falle Cum-Ex seit 1998 nicht genauso beflis-
sen weggeschaut?

Während er so räsonierte, knabberte Franck die
Mandeln, die ihm so gut schmeckten, dass die Tüte bald
schon halb leer war. Der Hamburger Bankier fühlte

sich irgendwie erleichtert und guter Laune. Was wollten ihm die Medien und die Staatsanwaltschaft, die Richter da alles unterstellen? Wo war denn der kriminelle Vorsatz zu finden? Alle hätten alles über Cum-Ex gewusst, hatte der Kronzeuge ausgesagt. Aber den Beweis seiner schlimmen Behauptung konnte das Hätschelkind von Staatsanwalt- und Richterschaft nicht erbringen.

»Ich jedenfalls hatte keinen Vorsatz«, dachte Franck. So war es auch wirklich gewesen. Er machte sich den Vorwurf, seine Aktienhändler seit der Jahrtausendwende nicht genau genug beobachtet zu haben. »Habe ich den Händlern zu viel Freiraum gelassen? Bin ich fahrlässig gewesen? Wie hätte die Kontrolle denn aussehen müssen?«, fragte er sich. »Wir konnten doch gar nicht selbst erkennen, ob die Primus Bank die Steuer pflichtgemäß abgeführt hatte.«

Eine schicke russische Mutter, deren Kinder vor ihm mit einem kullernden Ball spielten, setzte sich neben ihn auf die Bank. »Wissen Sie«, sagte sie in korrektem Deutsch. »Die Berliner wollen Putin nicht verstehen. Sie halten ihn immer noch für einen friedvollen, braven Mann. Dabei ist er ein mörderischer Despot, vor dem jeder, der denken kann, fliehen muss. Aber die Berliner sind zu satt, um nachzudenken.«

Der Bankier antwortete nur mit einem Ja und bot den beiden kleinen Jungen den Rest Mandeln aus der Tüte an. Sich jetzt seine gute Laune durch ein Gespräch über den Mörder aus Petersburg verderben zu lassen, das wollte er nicht. Er verabschiedete sich freundlich, aß im Scheunenviertel Königsberger Klopse und wanderte Unter den Linden zurück ins Hotel. Gegenüber der russischen Botschaft war ein asbestverseuchtes ehemaliges Gebäude des SED-Regimes abgerissen worden. Von dort aus hatte die Staatssicherheit der DDR Tag um Tag mit Richtmikrofonen die Diplomaten des sozialistischen Brudervolks abgehört. Institutionalisierter Irrsinn, von dem jetzt niemand mehr Kenntnis haben will, dachte er im Moment des Vorübergehens.

Etwas wehmütig gedachte der Bankier des früheren Hamburger Bürgermeisters Heinz Bosch. Dem hatte er immer gern geholfen. Beide waren jedoch beim Sie geblieben. Und Bosch – so sagte sich der alte Bankier – hätte ihm jetzt seinen freundschaftlichen Rat erteilt. Unvergesslich war ihm dessen Lebensdevise: »Man muss kämpfen, immer kämpfen. Sonst fressen uns die Ratten.« Doch vor einem Jahr hatte er an dessen Beerdigung teilgenommen. Der SPD-Politiker und geniale Hockeyspieler war überraschend gestorben.

»Ich will weiterkämpfen«, sagte er abends seiner Frau am Telefon. »Irgendwann werden selbst deutsche Richter gezwungen sein, auch die Handelskette der Aktien der Länge nach zu durchleuchten. Das wollen die Richter vom Kölner Landgericht ebenso wenig wie ihre alerten Kollegen in Karlsruhe. Sie fürchten den langen Arm der Politiker in den Landesbanken und mehr noch den der Primus Bank.«

»Willst du wirklich weiterkämpfen?«, fragte seine Frau. Sie weinte.